समुंद समावे बुंद में

समुंद समावे बुंद में

केंद्रीय रिजर्व पुलिस बल के वीरों की शौर्यगाथाएँ

संपादन

नीतू • दीनाकरण • अमित

अनुवाद

दीपक

प्रभात प्रकाशन

केंद्रीय रिजर्व पुलिस बल

प्रकाशक • **प्रभात प्रकाशन प्रा. लि.**
4/19 आसफ अली रोड,
नई दिल्ली-110002

संस्करण • प्रथम, 2021
मूल्य • तीन सौ रुपए
मुद्रक • आर-टेक ऑफसेट प्रिंटर्स, दिल्ली

SAMUND SAMAVE BUND MEIN *Tales of Valour of CRPF*
Ed. Nitu, M. Dhinakaran and Amit ₹ 300.00
Published by Prabhat Prakashan Pvt. Ltd., 4/19 Asaf Ali Road, New Delhi-2
e-mail: prabhatbooks@gmail.com ISBN 978-93-90366-80-4
for **CENTRAL RESERVE POLICE FORCE**, Directorate General, CRPF
Block No.1, CGO Complex, Lodhi Road, New Delhi-3

राष्ट्र
को
समर्पित

डॉ. ए.पी. माहेश्वरी भा.पु.से.
Dr. A.P. Maheshwari IPS

महानिदेशक
केंद्रीय रिजर्व पुलिस बल
Director General
Central Reserve Police Force
Block-01, C.G.O. Complex,
Lodhi Road, New Delhi-110003
Tel: 011-24360971
Fax: 011-24363192
E-mail: dg@crpf.gov.in

प्रस्तावना

हम अपने राष्ट्र में शूरवीरों की वीरता का जश्न मनाते हैं और अपने वीरों के बलिदान को पवित्र मानते हैं। 1939 में गठन के बाद से ही सीआरपीएफ का इतिहास अनुकरणीय धैर्य और वीरता के अनेक कृत्यों से पटा पड़ा है। बहादुरी के इन कार्यों को अनेक वीरता पदकों से सम्मानित किया गया हैं, जिससे सीआरपीएफ को सभी केंद्रीय सशस्त्र पुलिस बलों में सर्वाधिक पदक अर्जित करने का गौरव प्राप्त हुआ है। ये शौर्य गाथाएँ साहस, देशभक्ति, सत्यनिष्ठा, अनुशासन और कर्तव्य के प्रति निस्स्वार्थ समर्पण का प्रतीक हैं। ये सच्ची कहानियों और उनसे उत्पन्न होता गौरव इस देश के प्रत्येक नागरिक की विरासत है। इसलिए हर धरोहर की तरह वीरता की इन गाथाओं को हर देशवासी तक पहुँचना चाहिए। ये आनेवाली पीढ़ियों का मार्गदर्शन करने के साथ-साथ उन्हें प्रेरणा भी देती रहेंगी।

सीआरपीएफ के चक्र पुरस्कार विजेताओं की शौर्य गाथाओं को बयान करती यह पुस्तक बहुमूल्य जानकारियों के साथ वीरतापूर्ण कृत्यों का विस्तृत विवरण भी प्रस्तुत करती है, जिसमें ऑपरेशन के दौरान वीरता के कार्यों की पृष्ठभूमि भी देखने को मिलती है। यह पुस्तक वीरता के प्रति श्रद्धा, तथ्यों की सटीकता और सबसे महत्त्वपूर्ण उस जुनून के साथ लिखी गई है, जो हर देशभक्त के दिल में धड़कता है।

आनंद प्रकाश माहेश्वरी
(डॉ. आनंद प्रकाश माहेश्वरी)
महानिदेशक, केरिपुबल
4.12.2020

संपादकों की कलम से...

केंद्रीय रिजर्व पुलिस बल विश्व का सबसे विशाल अर्द्धसैनिक बल है। इस सुरक्षा-बल के जाँबाज न केवल विद्रोह व आतंकवाद से लड़ते हैं, बल्कि सांप्रदायिक उपद्रवों को शांत करने तथा प्राकृतिक आपदाओं और त्रासदियों के दौरान समाज के पीड़ितों को अपेक्षित मदद पहुँचाकर उन्हें अपनेपन का अनूठा अहसास भी दिलाते हैं। सीआरपीएफ के पदचिह्न साक्षी हैं कि इस सुरक्षा-बल के जवान भारत के हर हिस्से में अपनी सेवाएँ प्रदान करते आए हैं। उत्तर में हिमाच्छादित हिमालय से लेकर दक्षिण में कन्याकुमारी के तंरगित समंदर तक और राजस्थान के तपते रेगिस्तान से लेकर पूर्वोत्तर के हरे-भरे जंगलों तक भारत में विविधता ही विविधता दिखाई देती है, फिर भी भारत अखंड है। इस सुरक्षा-बल में भी अलग-अलग भाषाओं, वेशभूषा, संस्कृति, खान-पान और मौसमी विविधताओं के लोगों का समावेश साक्षात् देखने को मिलता है, जो भारत की एकता और अखंडता का जीवंत उदाहरण है। सही मायनों में इस सुरक्षा-बल में भारत की सामाजिक एवं सांप्रदायिक विविधताओं का ऐसा अनूठा संगम दिखाई देता है, जिसकी कहीं कोई मिसाल नहीं है। इस सुरक्षा-बल ने अपने उद्‌भव से लेकर आज तक इन विविधताओं से उत्पन्न असीमित अनिश्चतिताओं के दबाव का हमेश सहर्ष समाधान किया है। सही मायनों में सीआरपीएफ एक ऐसा संगठन है, जिसने देश और दुनिया के सामने 'अनेकता में एकता' की अवधारणा को चरितार्थ

कर दिखाया है। भारतीय संविधान का संघीय स्वरूप ही इस सुरक्षा-बल को देश भर में हर क्षेत्र में अद्वितीय रूप से सक्षम व समर्थ बनाता है।

सन् 1939 में क्राउन रिप्रेजेंटेटिव्स पुलिस के रूप में इस सुरक्षा-बल का गठन किया गया था। आजादी के बाद इस बल के भाग्य का नया फैसला लिया जाना था। उस समय तक एक दशक से भी ज्यादा पुराने इस सुरक्षा-बल ने कई बार अपनी सार्थकता सिद्ध कर दी थी और तब भारत के प्रथम गृहमंत्री, लौहपुरुष सरदार पटेल ने इस सुरक्षा-बल को अक्षुण्ण बनाए रखने पर बल दिया था। इस प्रकार इस सुरक्षा-बल को यथावत् बनाए रखते हुए इसे सेंट्रल रिजर्व पुलिस फोर्स का नया नाम दिया गया।

पिछले आठ दशकों से इस सुरक्षा-बल का स्वर्णिम अतीत अदम्य साहस और बलिदान की गाथा है। इस दौरान इस सुरक्षा-बल ने देश की एकता एवं अखंडता को कायम रखने के लिए बेहद सतर्कता व तत्परता से कार्य किया है। इतिहास साक्षी है कि इस सुरक्षा-बल के जाँबाजों ने असाधारण साहस और शौर्य की अनेक मिसालें कायम की हैं।

सीआरपीएफ को सर्वाधिक शौर्य अंलकरणों से सम्मानित होने का गौरव प्राप्त है। अब तक 1 जॉर्ज क्रॉस, 3 किंग्स पुलिस वीरता पदक, 1 अशोक चक्र, 1 वीर चक्र, 26 शौर्य चक्र, 49 पी.पी.एफ.एस.एम.जी., 200 वीरता के लिए राष्ट्रपति के पुलिस पदक, 1 युद्ध सेवा पदक, 5 सेना पदक, 1623 वीरता के पुलिस पदक, 5 वीरता के भारतीय पुलिस पदकों (आई.पी.एम.जी.) के साथ यह सुरक्षा-बल देश में सर्वोच्च स्थान पर है। इस अलंकरण को प्राप्त करने में दो हजार से अधिक रणबाँकुरों ने कर्तव्य की बलिवेदी पर अपने प्राण न्योछावर किए हैं। हमें उन पर गर्व है।

यह पुस्तक हमारे बहादुरों की वीरगाथाओं का अनूठा संकलन है। सुरक्षा बल के ऐसे वीरों और वीरांगनाओं पर हमें नाज है। उन भयावह हालातों में, जहाँ कोई आम इंसान बेबस हो जाता है, कुछ लोग अपने अदम्य साहस के दम पर हर परिस्थिति का डटकर मुकाबल करते हैं। ऐसे ही लोग कठिन-से-कठिन हालातों में खुद को साबित कर बहादुरी

की अनूठी मिसाल कायम करते हुए दूसरों के प्रेरणा-पुंज बनते हैं। इन वीरगाथाओं के झरोखों से वे दृश्य साफ दिखाई देते हैं, जिनमें इन जाँबाजों ने अपनी बहादुरी का लोहा मनवाया है और दुनिया को साधारण व असाधारण के बीच का फर्क दिखाया है।

इन कहानियों में हमारे शूरवीरों के जीवन के पहलुओं का उल्लेख मिलेगा; यह पुस्तक कई भागों में प्रकाशित की जाएगी। इस श्रृंखला की यह पहली पुस्तक है; इसके इस प्रथम भाग में 13 वीरगाथाएँ प्रस्तुत हैं। यह पुस्तक हमारे वीर सैनिकों के पथक्रम की गाथा है।

—नीतू, एम. दिनाकरन

अनुक्रम

राष्ट्ररक्षासमं पुण्यं, राष्ट्ररक्षासमं व्रतम्,
राष्ट्ररक्षासमं यज्ञो, दृष्टो नैव च नैव च।।

राष्ट्र रक्षा के समान कोई पुण्य नहीं,
राष्ट्र रक्षा के समान कोई व्रत नहीं,
राष्ट्र रक्षा के समान कोई यज्ञ नहीं

अदम्य साहस की मिसाल

टी. मोहनन

मद्रास हवाई अड्डे पर उस दिन विमान-यात्री जाँच काउंटर्स से गुजरते हुए आगे की ओर बढ़ने लगे थे। मोहनन ने राहत की साँस ली। दरअसल, मोहनन पहली बार हवाई-अड्डे पर आया था। तिरुवनंतपुरम के शहरी क्षेत्र के केशवपुरम् इलाके में पला-बढ़ा मोहनन ने कभी हवाई-यात्रा के बारे में सोचा भी नहीं था। अपने पाँच भाई-बहनों में सबसे बड़े मोहनन को पढ़ाई-लिखाई बोझ-सी लगती थी। वास्तव में मोहनन पढ़ना और दुनिया के बारे में जानना तो चाहते थे, लेकिन सेंट मेरीज स्कूल, पट्टोम में उन्हें जो कुछ पढ़ाया जा रहा था, वह उस जैसे जिज्ञासु बच्चे के लिए रुचिकर नहीं था। बचपन में वह अकसर आसमान के विस्तार को विस्मय भरी निगाहों से देखते हुए सोचा करता था कि आखिर इस शहर के बाहर की दुनिया कैसी होगी!

और फिर विमान ने उड़ान भरी। जिस वक्त उनका विमान हिंद महासागर के ऊपर से गुजर रहा था, अचानक कुछ सोचकर मोहनन के चेहरे पर मुस्कान बिखर गई। आखिरकार ऊँचे आसमान में उड़ते हुए जमीन को देखने का उसका सपना आज पूरा हो गया था। उसके पिता भारतीय सेना में थे और घर पर बहुत कम रहा करते थे। ऐसे में इन होनहार बच्चों का पालन-पोषण

माँ के ही जिम्मे था। बचपन में एक बार विरले ही छुट्टियों के दौरान वे एक समुद्र-तट पर गए थे और वहाँ समुद्र की विशालता को देखकर हैरान रह गए थे। आज फिर कुछ वैसा ही नजारा उनके सामने था।

सत्रह बरस पहले मोहनन ने दुनिया घूमने का मन बनाया था। तिरुवनंतपुरम उसे एक बहुत ही छोटा सा शहर लगने लगा था। हालाँकि वो एक खासी चहल-पहलवाला शहर था और दक्षिणी प्रांत केरल की राजधानी होने के नाते व्यापार और अंतरराष्ट्रीय आवागमन का केंद्र भी था। इस शहर का नामकरण मलयालम शब्द 'थिरू-अनंत-पुरम' के संयोजन से किया गया था, जिसका अर्थ है—'भगवान् अनंत की नगरी', क्योंकि इसी नगर में भगवान् श्री पद्मनाभस्वामी का मंदिर स्थित है। मोहनन के माता-पिता बहुत ही धार्मिक प्रवृत्ति के थे, जबकि मोहनन का विश्वास था कि उसका भाग्योदय इस शहर में नहीं होगा। अंतत: एक दिन उसने अपना सामान उठाया और घर की चहारदीवारी से बाहर निकल गया।

एक वर्ष बाद उन्होंने अपने माता-गिता से बात की और एक चुस्त नौजवान अपने घर वापस लौटा। अब उनमें वह व्याकुल और अधीर बालक कहीं दिखाई नहीं देता था, बल्कि अब वह एक आत्मविश्वासी नवयुवक नजर आता था। दरअसल, इस दौरान विधि का विधान उन्हें केंद्रीय रिजर्व पुलिस बल (सीआरपीएफ) के एक भर्ती अभियान में ले आया था। ये सन् 1971 की बात है, जब वे सीआरपीएफ की 35वीं बटालियन में भर्ती हुए थे, जो उस समय नागालैंड के दीमापुर में तैनात थी। जब उन्होंने सीआरपीएफ के साथ अपने अनुभव अपनी माँ को बताए तो वे समझ गईं कि मोहनन के लिए सीआरपीएफ केवल एक नौकरी नहीं है, बल्कि उनकी साँसों में बसनेवाला जज्बा है। मोहनन सीआरपीएफ से भावनात्मक रूप से जुड़ चुके थे। उनके माता-पिता को सच्ची खुशी मिली थी और अब वे मोहनन की तरफ से एकदम बेफिक्र थे। 23 नवंबर, 1983 को उसी शहर में रहनेवाली पद्मिनि नामक युवती से मोहनन का विवाह हुआ। फिर उन्होंने एक सुंदर पुत्री को जन्म दिया और उसका नाम 'बीना' रखा। कुछ ही समय बाद उनकी दूसरी पुत्री निशा का जन्म हुआ।

मोहनन अपनी बेटियों से बेहद प्यार करते थे और विमान में बैठे-बैठे उसने सोचा था कि घर लौटकर वह ये सारी बातें अपनी बेटियों को जरूर सुनाएगा। वह अपनी बेटियों को आत्मविश्वासी युवतियाँ बनाना चाहता था, जो कई देशों में घूमकर दुनिया देख सकें।

उधर विमान अपने गंतव्य की ओर बढ़ रहा था और इधर मोहनन इस यात्रा से ठीक पहले बड़ी ही तेजी से घटित होनेवाले घटनाक्रम के बारे में सोच रहा था। दरअसल, भारतीय शांति-रक्षा सेना (आई.पी.के.एफ.) के एक अंग के रूप में उनकी कंपनी को श्रीलंका में सेवा के लिए चुना गया था, जो कई मायनों में यह पहला मौका था। मोहनन के लिए यह मौका और भी ज्यादा अहम था, क्योंकि वे इस बार समुद्र के पार जा रहे थे। अब तक श्रीलंका उनके लिए हिंद महासागर के दूर-दूर तक फैले नीले पानी के बीच किसी हरित मणि सा चमचमाता एक हरा-भरा द्वीप था। बचपन की कहानियों में सुना, श्रीलंका उसके लिए रावण का प्रांत भी था, लेकिन वास्तव में अब यह उनकी तैनाती का स्थान था।

आई.पी.के.एफ. वह भारतीय सैन्यदल था, जो 1987 के भारत-श्रीलंका शांति-समझौते की शर्तों के अधीन गठित किया गया था और जिसका उद्देश्य श्रीलंका की सेना और श्रीलंका के तमिल राष्ट्रवादी संगठनों, जैसे लिबरेशन टाइगर्स ऑफ तमिल ईलम (लिट्टे) आदि के बीच छिड़े गृह-युद्ध को रोकना था। इस छोटे से द्वीपवाले देश में यह विवाद गहराने लगा था और वहाँ के शरणार्थी भारत में शरण लेने लगे थे। आई.पी.के.एफ. का मुख्य कार्य उग्रवादी समूहों पर काबू पाना और वहाँ अंतरिम प्रशासनिक परिषद कायम करते हुए शांति बहाल करना था। यह योजना ठीक ढंग से काम भी कर रही थी, लेकिन जब लिट्टे ने परिषद् पर अपनी धाक जमाना शुरू कर दिया और हथियार डालने से इनकार कर दिया तो विवाद गहराने लगा। ऐसे में मोहनन और उनके साथियों को श्रीलंका में शांति बहाली करने और उसके उपरांत अपने देश वापस लौट आने के लिए वहाँ भेजा गया।

श्रीलंका में प्रवेशन से पहले, प्री-इंडक्शन ट्रेनिंग की कई कक्षाओं में

35 बटालियन, सीआरपीएफ के अधिकारियों ने उस देश की संस्कृति और लोकाचार के बारे में बताया और समझाया था, जहाँ इन जाँबाजों की अब तैनाती होनेवाली थी। अफसरों का मानना था कि किसी विषय को इतिहास के नजरिए से देखना व समझना सैनिकों के लिए खास तौर पर उस समय बेहद अहम सिद्ध होता है, जब वे मैदान में उतरते हैं। इससे उस इलाके की संवेदनशीलता को भी बेहतर ढंग से समझा जा सकता है। श्रीलंका को सन् 1948 में ब्रिटिश हुकूमत से आजादी मिली थी। इसके बाद बहुत जल्द ही वहाँ अराजकता की स्थिति उत्पन्न हो गई, क्योंकि तमिल अल्पसंख्यकों को लगने लगा था कि सिंहली (लंका के निवासी) बहुसंख्यक उनके साथ भेदभाव कर रहे थे। सन् 1983 में, नागरिक हिंसा में श्रीलंका की सेना के 13 सैनिक मारे गए। इसके बाद एक और नृशंस दमनकारी घटना घटित हुई, जिसमें 'ब्लैक जुलाई' नामक दंगों में 400 से ज्यादा तमिल नागरिक मारे गए। इसके बाद छापामार युद्ध शुरू हो गया। जून 1987 में जब सेना ने जाफना को मुक्त कराने की कोशिश की तो बड़े पैमाने पर नरसंहार हुआ। हालाँकि सेना को इसमें सफलता नहीं मिली, लेकिन वहाँ मानवीय संकट की स्थिति उत्पन्न हो गई। 29 जुलाई, 1987 को भारत और श्रीलंका के बीच एक शांति-समझौता हुआ, इससे गृह-युद्ध पर अस्थायी रूप से अंकुश लग गया।

आई.पी.के.एफ. का पहला अभियान 9 अक्टूबर, 1987 को आरंभ हुआ। ये टुकड़ियाँ 'ऑपरेशन पवन' का हिस्सा थीं, जो जाफना पर नियंत्रण करने के लिए भारतीय सेना द्वारा चलाया जा रहा था। मकसद था—जाफना के आसपास लिट्टे की क्षमताओं को बेअसर करना और लिट्टे के नेताओं को पकड़ना या कम-से-कम काबू में करना।

श्रीलंका से आनेवाला पहला समाचार उत्साह बढ़ानेवाला था। जैसी आशा थी, वैसा ही हुआ। भारतीय सेना ने तवाड़ी में लिट्टे के रेडियो स्टेशन और कोक्कूविल में टी.वी. स्टेशन पर छापा मारकर उन्हें अपने कब्जे में ले लिया। लिट्टे के तकरीबन 200 उग्रवादी बंदी बना लिये गए, लेकिन इसके बाद प्रतिकूल परिणाम सामने आने लगे। लिट्टे ने तेल्लीपल्लाई के निकट

सीआरपीएफ के एक काफिले पर घात लगाकर हमला कर दिया। इस हमले में 4 जवानों ने अपने प्राणों की आहुति देकर सर्वोच्च बलिदान दिया। 10 पैरा-कमांडो की एक और जीप पर भी घात लगाकर हमला किया गया, जिसमें से 5 जवान शहीद हो गए। 12 अक्टूबर, 1987 की रात, जाफना विश्वविद्यालय पर हवाई-हमला किया गया, जहाँ उस समय लिट्टे का मुख्यालय हुआ करता था।

वह अक्टूबर महीने की एक गर्म शाम थी, जब सीआरपीएफ जवानों को लेकर एक विमान श्रीलंका की सरजमीं पर उतारा। यदि हालात सामान्य होते तो बेशक मोहनन यह जरूर चाहते कि विदेश की धरती के सौंदर्य को निहारें, जहाँ वे पहली बार आए थे; लेकिन वहाँ चारों ओर व्याप्त तनाव ने उन्हें प्राकृतिक छटा की जरा भी तारीफ करने की इजाजत नहीं दी। उन्हें बताया गया था कि आई.पी.के.एफ. जाफना पर कब्जा जमाने के लिए दृढ़ संकल्पित होकर प्रयास कर रहा था। उस समय लिट्टे के निशानेबाज छतों और पेड़ों पर घात लगाकर बैठे रहते थे। उनके पास दूरबीन वाली इंफ्रा-रेड लाइटें भी होती थीं और वे अचूक निशाना साधकर एक भी गोली बरबाद किए बिना अपने दुश्मन पर वार कर सकते थे। वे अधिकारियों और रेडियोकर्मियों को अपना पहला निशाना बनाते थे, ताकि नेतृत्व को क्षति पहुँचाई जा सकें। सड़कों पर बारूदी सुरंगें बिछी होती थीं और सैन्य काफिलों पर घात लगाकर हमले किए जाते थे, जिसमें उन्हें प्राकृतिक पृष्ठभूमि का खासा लाभ मिलता था, जो भारत से एकदम भिन्न थी। इसके अलावा छापामार युद्ध और आम नागरिकों की भीड़ में आसानी से घुलने-मिलने में भी लिट्टे के उग्रवादियों को महारथ हासिल थी। तिस पर बाल-उग्रवादियों की मौजूदगी स्थिति को और भी भयावह बना रही थी।

जाफना श्रीलंका के उत्तरी प्रांत की राजधानी है। कोलंबो के बाद यह दूसरा सबसे ज्यादा जनसंख्या वाला शहर है। ऐतिहासिक पृष्ठभूमि पर जाफना लंबे समय से विवादों का शहर रहा है, जहाँ पुर्तगालियों, डच और ब्रिटिश हुकुमत का कब्जा एक के बाद एक लंबे समय तक बना रहा है। सामरिक

दृष्टि के अनुकूल बसाहट के कारण इस शहर में किसी भी प्रकार का नियंत्रण कायम करने का कार्य अपने आप में बड़ा ही संघर्षपूर्ण रहा है। यहाँ पर तमिल नागरिकों की संख्या सबसे अधिक होने के कारण लिट्टे को अपने मकसद के प्रति अच्छी सहानुभूति मिल रही थी। विमान से उतरने के बाद मोहनन ने बड़ी ही जिज्ञासा से हवाई–अड्डे के चारों ओर नजर दौड़ाई। उन्हें मालूम था कि पल्लई का ये हवाई–अड्डा दूसरे विश्व–युद्ध के दौरान रॉयल एयर फोर्स के द्वारा बनवाया गया था। बाद में यह एक अंतरराष्ट्रीय हवाई–अड्डा बन गया था, लेकिन इस गृहयुद्ध के दौरान श्रीलंका की वायु सेना ने इसे अपने कब्जे में ले लिया था। आसपास वर्दीधारियों के सैलाब को देखकर एक पल के लिए मोहनन को लगा, जैसे वे किसी युद्धभूमि पर हों।

15 अक्टूबर, 1987 की सुबह लगभग 9 बजे का वक्त था, जब सीआरपीएफ की कंपनियों ने ट्रोपो नामक स्थान के लिए कूच किया, जहाँ उन्हें भारतीय सेना की 8 महार रेजीमेंट का स्थान लेना था। उनका काफिला अपनी मंजिल की ओर बढ़ते हुए घुमावदार और मनमोहक प्राकृतिक सौंदर्य से घिरे रास्तों से गुजर रहा था। फिर भी मोहनन जानता था कि इस प्राकृतिक छटा से मोहित होकर उसे खतरे को नजरअंदाज नहीं करना चाहिए। उसे सावधान और सजग रहने के लिए बार–बार बताया भी गया था। अभी उन्होंने 6–7 किलोमीटर की दूरी ही तय की थी कि उन्हें रुकना पड़ा, क्योंकि काफिले में पीछेवाले वाहन में कुछ तकनीकी खराबी आ गई थी। हालाँकि मैकेनिक ने जल्द ही इस खराबी को ठीक कर लिया, परंतु 5 किलोमीटर की दूरी तय करने के बाद फिर से वही खराबी आ गई। इस बार मैकेनिक ने और भी जल्दी इसे ठीक कर लिया और फिर काफिला तेजी से अपनी मंजिल की ओर बढ़ने लगा।

जैसे ही इस काफिले ने ट्रोपो की तरफ अंतिम मोड़ लिया, एक टेकरी से गोलीबारी की आवाज आने लगी। अचानक सन्नाटे को चीरता हुआ एक धमाका हुआ और फिर कई गोलियों की आवाजें फिजा में गूँज गईं। ऐसे में सैनिक कुछ क्षण के लिए स्तब्ध रह गए, लेकिन फिर वर्षों के प्रशिक्षण की

साधना ने उन्हें सँभाल लिया। नजीजतन, उन्होंने भी जवाबी गोलीबारी शुरू कर दी। वाहन चालकों ने भी इस कोशिश में अपने-अपने वाहनों की गति तेज कर दी, ताकि वे हमले की जद से बाहर निकल सकें। जवान अपने-अपने हथियारों के साथ दुश्मनों को मुँहतोड़ जवाब दे रहे थे। ऐसे में मोहनन ने सोचा, उन्हें दुश्मन पर तेज; और तेज धावा बोलना होगा। उनके पास एक लाइट मशीनगन थी। एक ओर वाहन सुरक्षित स्थान की ओर बढ़ते रहे, दूसरी ओर मोहनन अपनी एल.एम.जी. को लचीला रखते हुए गोलियाँ बरसाते रहे, जिससे इस ऑटोमैटिक हथियार की मदद से वाहन चालकों को कवर-फायर मिल सका। हालाँकि इसी दौरान मोहनन को गोलियों की बौछार का सामना करना पड़ा, जो उनके सीने के बाईं ओर धँस गईं। उनके बाएँ कंधे पर एक रॉकेट आ लगा, लेकिन फिर भी मोहनन ने अपनी कोशिश जारी रखी, ताकि उनके साथी जवाबी कार्रवाई करते रहें और सुरक्षित स्थान पर पहुँच जाएँ। अतत: वे अपने कैंप पहुँच गए। इस हमले में सीआरपीएफ के 4 और सेना के 2 जवान बुरी तरह से जख्मी हो गए। मोहनन को प्राथमिक चिकित्सा दी गई और हवाई जहाज से अस्पताल पहुँचाया गया। डॉक्टरों ने बहुत कोशिश की, लेकिन उनके शरीर से बहुत सारा खून बह चुका था, जिसकी भरपाई न हो सकी। इस बहादुर जाँबाज ने कर्तव्य की बलि वेदी पर अपने प्राणों की आहुति दे दी।

इस भयानक युद्ध के दो सप्ताह बाद ही भारतीय फौजों ने जाफना को अपने कब्जे में ले लिया। वास्तव में आई.पी.के.एफ. ने टाइगर्स के मिथ्यावादी कब्जे का तख्ता पलटकर दिया था, जो जाफना की गलियों और बंकरों की भूल-भूलैया में अंदरूनी गलियारों की छाँव में छिपे बैठे बाल-उग्रवादियों के माध्यम से कायम किया गया था। मार्च 1990 में आई.पी.के.एफ. को श्रीलंका से वापस बुला लिया गया और अंतत: वहाँ बंदूकों की गर्जना हरे-भरे प्राकृतिक सौंदर्य के बीच कहीं शांत हो गई।

गंभीर खतरे के सामने अतिविशिष्ट साहस और शौर्य का प्रदर्शन करने के लिए, सिपाही थंकप्पन मोहनन को मरणोपरांत 'वीर चक्र' से सम्मनित

किया गया। यह शौर्य पुरस्कार युद्ध के मैदान में दुश्मन का सामना करते हुए अदम्य साहस का प्रदर्शन करने के लिए प्रदान किया जाता है। वरीयता क्रम में परमवीर चक्र और महावीर चक्र के बाद यह तीसरा सर्वोच्च शौर्य सम्मान है।

आज मोहनन की पत्नी पद्मिनी कोल्लम में निवास करती हैं। उनकी बड़ी पुत्री बीना कृषि अधिकारी है। उनकी छोटी पुत्री निशा इसी वर्ष सेवा में आई है। वह केवल पाँच महीने की थी, जब मोहनन ने कर्तव्य की बलि वेदी पर सर्वोच्च बलिदान दिया था और इस तरह उन्होंने मोहनन को कभी नहीं देखा। वे अकसर उन पुरानी तसवीरों को टकटकी लगाकर देखती हैं और हर उस न्यूज पेपर कटिंग व कागज के टुकड़ों को सहेजकर रखती हैं, जिनमें उनके पिता की बहादुरी और बलिदान की दास्तान छपी थी। आज उनके घर में इस 'वीर चक्र' को बड़े ही गर्व और सम्मान से रखा गया है।

'पृथ्वी पर जन्मा हर मनुष्य,
आज नहीं तो कल, मृत्यु को प्राप्त होगा,
लेकिन मृत्यु एक मिसाल बने इसके लिए
भयंकर हालातों में भी बहादुर बने रहना होगा,
ताकि हमारे पूर्वज हम पर गर्व करें और
ईश्वर को भी हम पर नाज हो।'

□

मुहूर्तं ज्वलितं श्रेयो न च धूमायितं चिरम्।।

(महा. उद्योगपर्व—133.15)

मुहूर्त भर जलना अच्छा है न कि देर तक सुलगाना।

प्राण जाए पर वचन न जाई

कमलेश कुमारी

उस सफेद एंबेसडर कार को आगे बढ़ता देख न जाने क्यों ऐसा लगा कि कहीं-न-कहीं कुछ तो गड़बड़ है। कमलेश उस दिन संसद-भवन के गेट नं. 1 पर तैनात थीं। संसद-भवन का यह वह द्वार है, जहाँ से रोजाना ऐसी सैकड़ों कारों का आना-जाना होता था। कमलेश ने इतने बरसों की सेवा और प्रशिक्षण में प्राप्त अनुभव से यही सीखा था कि यदि किसी पर जरा-सा भी शक हो तो उसे कभी भी नजरअंदाज नहीं करना चाहिए। हालाँकि सरकारी दिखनेवाली इस एंबेसडर कार के सामने के शीशे पर कई तरह के स्टीकर्स चस्पा थे, लेकिन इसके बावजूद कमलेश को इस कार पर शंका हुई। फिर क्या था, उन्होंने वही किया, जो उन्हें सिखाया गया था, यानी उन्होंने बिना वक्त गँवाए सभी को खतरे से आगाह कर दिया। इसी बीच वह सफेद कार गेट के भीतर प्रवेश कर गई। फिर अचानक गोलियाँ चलने की आवाजें आने लगीं। सामने किसी खतरे को भाँपकर और स्थिति की गंभीरता को समझते हुए कमलेश यह अच्छी तरह जान चुकी थीं कि अब उन्हें जो कुछ भी करना था, वह बहुत ही जल्दी करना था। आखिर वह भारतीय लोकतंत्र की सर्वोच्च संस्था, संसद-भवन की सुरक्षा में जो तैनात थीं। हालाँकि उस समय

वे निहत्थी थीं, मगर उनका साहस ही उनका सबसे बड़ा हथियार बना और इसी साहस के दम पर उन्होंने समय रहते खतरे के प्रति सभी को सचेत कर दिया। इसी बीच अचानक उन्हें तेज दर्द का अहसास हुआ, लेकिन उन्होंने इसे नजरअंदाज कर दिया, क्योंकि वे जानती थीं कि उस समय उनका अपने कर्तव्य पर मुस्तैदी से डटे रहना ही सबसे ज्यादा जरूरी था। ये उनकी सजगता और तेजी का ही नतीजा था कि सुरक्षाकर्मी त्वरित रक्षात्मक कार्रवाई कर पाए और उन्होंने मुख्य भवन में प्रवेश के सभी द्वार बंद कर दिए।

कमलेश ने आखिरी बार नजरें उठाकर उस संसद-भवन को देखा था, जिससे उनके देश के लाखों लोगों की आशाएँ और अभिलाषाएँ जुड़ी हुई थीं और फिर वे चिरनिद्रा में लीन हो गईं।

यह 13 दिसंबर, 2001 की बात है। वे सीआरपीएफ की 88 (महिला) बटालियन के अपने साथियों के साथ पश्चिमी दिल्ली के विकासपुरी इलाके से एक बस में सवार हुई थीं, जहाँ उन लोगों को दिल्ली आर्म्ड पुलिस लाइंस में आवास की सुविधा अस्थायी रूप से प्रदान की गई थी। उन्हें उनके कर्तव्य का महत्त्व बार-बार समझाया गया और पूरी तत्परता से ड्यूटी करने की हिदायत दी गई थी। कमलेश उन महिला कर्मियों में से थीं, जिन्हें संसद-भवन के अलग-अलग प्रवेश द्वारों पर लोगों एवं वाहनों की तलाशी व निगरानी का दायित्व सौंपा गया था। आज के दिन उन्हें गेट नं. 1 पर तैनात रहना था। कमलेश जानती थीं कि अधिकारियों द्वारा उन्हें चुनकर इस प्रकार की ड्यूटियों के लिए लगाया गया था, जो ये बखूबी जानते थे कि संसद-भवन की सुरक्षा के लिए कौन बेहतर होगा। चुस्ती-फुरती, सूझबूझ, सेवा का निष्कलंक रिकॉर्ड, अनुशासित व्यक्तित्व और दृढ़ मानसिक संतुलन वास्तव में कुछ ऐसे गुण होते हैं, जो इस प्रकार की अति संवेदनशील ड्यूटियों के लिए परमावश्यक होते हैं। यहाँ अपनी ड्यूटी पर कई-कई घंटों मुस्तैदी से खड़े रहना और मौके पर त्वरित कार्रवाई के लिए सदैव तत्पर रहने की क्षमता भी अपने आप में सबसे ज्यादा महत्त्व रखती है। दरअसल वह दिन ऐसी ही सारी योग्यताओं की परीक्षा का दिन था।

लोकतंत्र के सर्वोच्च दुर्ग पर अत्यंत उत्तेजित और प्रशिक्षित आतंकियों ने

हमला किया था, जो वास्तव में एक आत्मघाती अभियान पर थे। यह हमला उस दिन सुबह लगभग 11.40 बजे पाँच आतंकियों के द्वारा किया था, जो भारी हथियारों से लैस थे और मरने-मारने पर आमदा थे। आतंकियों ने भारतीय संसद पर आक्रमण की नापाक कोशिश की थी, जहाँ उस समय संसद-सत्र की कार्रवाई चल रही थी और भारत के कई राजनीतिक प्रतिनिधि उस समय सदन में मौजूद थे। घटनास्थल पर उस समय भारी गोलीबारी हो रही थी और सुरक्षा बल आंतकियों की हर कोशिश का मुँहतोड़ जवाब दे रहे थे। संसद-भवन में प्रवेश के सभी रास्ते और द्वार बंद कर दिए गए थे। इस हमले की खबर फैलते ही दुनिया भर की निगाहें इस घटना पर टिकी हुई थीं। हालाँकि हमले के तुरंत बाद बिना वक्त गँवाए भारतीय सुरक्षा बलों ने आतंकियों के खात्मे की मुहिम शुरू कर दी थी। अंततः इन सभी आतंकियों को मार गिराया गया और हमारे जाँबाज सुरक्षाकर्मियों ने भारतीय लोकतंत्र की इस सर्वोच्च संस्था की पवित्रता पर कोई आँच न आने दी।

वहाँ से कुछ ही दूरी पर मौजूद कमलेश के पति अवधेश कुमार से इसी बीच बटालियन के अधिकारियों ने टेलीफोन पर संपर्क किया और उनसे तुरंत कंपनी मुख्यालय पहुँचने का आग्रह किया। वास्तव में वे इस तरह के बुलावे के लिए बिल्कुल तैयार नहीं थे। अभी कुछ दिनों पहले ही यह दंपती इलाहाबाद से कमलेश के स्थानांतरण के बाद दिल्ली पहुँचा था, जहाँ इससे पहले कमलेश आर.ए.एफ. बटालियन में तैनात रही थी। दरअसल इस परिवार को दिल्ली उतना रास नहीं आया था। उस समय उनकी बड़ी पुत्री ज्योति ने केंद्रीय विद्यालय में दाखिला लेकर पढ़ना शुरू ही किया था, वहीं छोटी पुत्री श्वेता, जिसकी उम्र मात्र दो वर्ष थी, जन्म के बाद से ही किसी-न-किसी बीमारी से जूझ रही थी। इन दिनों उनकी छोटी पुत्री को आँखों में संक्रमण की शिकायत थी, साथ ही पैर में सूजन भी थी, जो पिछले एक सप्ताह से बनी हुई थी। उस दिन श्वेता बहुत चिड़चिड़ी हो रही थी और अवधेश उसे अकेला या किसी पड़ोसी के भरोसे छोड़ने को तैयार नहीं थे। फिर भी टेलीफोन पर उनसे बात करनेवाले अधिकारी उन्हें बार-बार बुलाते रहे। जब उनसे यह कहा गया कि उन्हें लेने के लिए एक

जिप्सी भेजी गई है, तभी से अवधेश को किसी अनिष्ट का अहसास होने लगा था। वे दौड़कर जिप्सी के पास पहुँचे, जिसमें पहले से बैठे एक अधिकारी उनका इंतजार कर रहे थे। कमलेश की एक सहकर्मी व सहेली ने श्वेता को अवधेश की गोद से ले लिया और फिर अवधेश को जिप्सी में बैठाया गया। जिप्सी पर लगी लाल-नीली बत्तियाँ जगमगा रही थीं और जिप्सी दिल्ली के व्यस्त ट्रैफिक के बीच से तेजी से गुजरते हुए अपने गतंव्य की ओर बढ़ रही थी। अवधेश बहुत व्याकुल थे और इसी दौरान उन्हें बताया गया कि आतंकवादियों ने संसद-भवन पर हमला किया था, जिसमें कमलेश जख्मी हो गई थीं और अब वे लोग राम मनोहर लोहिया अस्पताल जा रहे थे। इस पर अवधेश ने बड़े विस्मय से पूछा था, 'क्या? संसद पर हमला हुआ है?' दरअसल यह सुनते ही वे बहुत अधीर और भावुक हो उठे थे। उन्होंने खुद को शांत करने की बहुत कोशिश की, लेकिन वे ज्यादा देर तक शांत नहीं रह सके। और फिर वे मन-ही-मन बुदबुदाते हुए संसद पर हमला करनेवाले आतंकियों और उनके आकाओं को कोसने लगे। अवधेश इस बात से बखूबी वाकिफ थे कि उनके देश में कई अलग-अलग समुदाय हैं, जिनमें सैकड़ों जातियों के लोग शामिल हैं और समूचे देश में कई सारी भाषाएँ बोली जाती हैं। इस देश में कई किस्म के धार्मिक समुदाय फलते-फूलते हैं, लेकिन फिर भी यहाँ किसी का नास्तिक होना अजीब नहीं माना जाता। वे यह भी जानते थे कि उनका देश गजब का विशाल देश है और कई यूरोपियन देश इसके कई प्रांतों से भी बहुत छोटे हैं। देश का एक जागरूक नागरिक होने के नाते उनको यह भी पता था कि उनका देश दुनिया का दूसरा सबसे ज्यादा आबादी वाला देश है, जिसमें अलग-अलग जाति, धर्म और संप्रदाय के लोग शामिल हैं। वास्तव में उन्हें हर दृष्टि से भारत में विविधता ही विविधता नजर आती थी। वे इस बात पर अकसर आश्चर्य करते थे कि भारत के लोगों में परस्पर समानता के नाम पर बहुत कुछ न होने के बावजूद आज तक उन्हें देशवासियों के बीच एक भी ऐसा इंसान नजर नहीं आया था, जिसे एक महान लोकतंत्र के रूप में भारत की पहचान पर गर्व न हो। अवधेश को वह पल अब भी याद था, जब उन्होंने पहली बार भारतीय-संसद

की भव्य इमारत को देखकर खुद को बेहद गौरवान्वित महसूस किया था। उस रोज जब उन्होंने अमर जवान ज्योति के समक्ष अपना शीश झुकाया था तो उनको ऐसा महसूस हो रहा था, जैसे कि वे हर उस जवान को नमन कर रहे हैं, जो इस भव्य इमारत की सुरक्षा में मुस्तैद खड़ा था। वे सोचते थे कि यदि सच्चे अर्थों में भारत को निरूपित करनेवाला कोई प्रतीक है तो वह संसद-भवन ही है। इसीलिए जब अवधेश ने संसद-भवन पर आतंकी हमले की बात सुनी तो उन्हें गहरा धक्का लगा। वास्तव में आज किसी ने भारतीय लोकतंत्र के मंदिर पर बुरी नजर डालने का दुस्साहस किया था। इस समय अवधेश की मन:स्थिति कुछ ऐसी थी कि वे अकेले और निहत्थे ही उन आतंकियों से भिड़ने को तैयार थे और उनका वश चलता तो वे आतंकियों को संसद-भवन के पवित्र प्रवेश द्वारों तक कभी पहुँचने भी न देते।

अवधेश जिप्सी में बेसुध से बैठे थे और अपने ही विचारों में इतने तल्लीन थे कि वे यह भी पूछना भूल गए कि आखिर उन्हें राम मनोहर लोहिया अस्पताल, जो दिल्ली के सबसे बड़े अस्पतालों में से एक था, क्यों ले जाया जा रहा था? जब गाड़ी रुकी तो अवधेश वहाँ खड़ी कई ओ.बी. वेनों और एकत्र मीडियाजनों को देखकर हतप्रभ रह गए। वहाँ फैली अफरातफरी के बीच उन्हें फुरती के साथ सबसे दूर ले जाया गया। वहाँ के हालात देखकर अवधेश को अब लगने लगा था कि जरूर कुछ-न-कुछ बहुत ही गलत घटित हुआ है। अभी अवधेश मन-ही-मन इसी जद्दोजहद में लगे थे कि उन्हें एक बिस्तर के पास ले जाया गया, जो पूरी तरह से सफेद चादर से ढका हुआ था। कँपकँपाते हाथों से अवधेश ने सफेद चादर हटाई। फिर जैसे ही वह सफेद चादर हटी, अवधेश के सामने वह चेहरा था, जिसे उन्होंने जीवन भर बहुत प्यार किया था। यह वह क्षण था, जब अवधेश चेहरे पर हृदय विदारक दु:ख और गर्व दोनों उभर आए। वह कमलेश का पार्थिव शरीर था, जो अवधेश के सामने था। वह कमलेश, जो एक दशक से भी ज्यादा समय से उनकी पत्नी और जीवनसंगिनी रही थी। यह वह चेहरा था, जिसने जीवन के हर उताव-चढ़ाव में साथ दिया था। फिर अवधेश ने एक झटके से उस सफेद चादर को हटा दिया और जो नजारा सामने था,

उसमें कमलेश की खून से लथपथ वर्दी और उसमें लिपटा उनका पार्थिव शरीर सबको भीतर तक झकझोर गया। यह ऐसा नजारा था, जिसे अवधेश जीवनभर भुला नहीं सकते थे। खामोश और आदर से नतमस्तक अवधेश ने एक कदम पीछे लिया और दिवंगत सैनिक को सलामी दी।

इसके बाद अवधेश अपने घुटने के बल झुक गए। कई हाथ ढाढ़स बँधाने उनके कंधों पर आ टिके। किसी ने उनके हाथों में पानी का एक गिलास थमा दिया। उन्होंने एक परेशान हाल डॉक्टर की तरफ देखा, जिसने बस यही जवाब दिया, "कमलेश को ग्यारह गोलियाँ लगीं थी और उन्हें बचाने की हमने बहुत कोशिशें कीं…"

इस पर अवधेश ने बस अपना सिर हिलाया और वह सवाल पूछ लिया, जो काफी देर से उन्हें परेशान किए हुए था, "क्या संसद-भवन को कोई नुकसान पहुँचा?" इस सवाल पर उस डॉक्टर ने सीना तानकर कहा, "नहीं, आतंकी संसद-भवन में प्रवेश भी नहीं कर सके।" इसके बाद डॉक्टर परिस्थिति की गंभीरता और कमलेश की शहादत से हुई अपूर्णनीय क्षति को समझते हुए अवधेश के कंधे पर हाथ रखकर चल दिए।

1987 में अवधेश ने पहली बार कमलेश को देखा था। अवधेश उत्तर प्रदेश के एक छोटे से शहर में रहनेवाले अपने रिश्तेदारों से मिलने गए थे। जैसे ही उनकी बस फर्रूखाबाद पहुँची, उन्हें यकायक लगा, जैसे जिंदगी में कुछ नया होनेवाला है। फर्रूखाबाद एक हलचल भरा शहर था, जिसे सन् 1714 में नवाब मोहम्मद खान बंगश ने बसाया था। शहर का नाम मुगल बादशाह फर्रूखसियर के नाम पर रखा गया था। अवधेश खुद भी कन्नौज की समृद्ध नगरी के रहनेवाले थे, जो फर्रूखाबाद से बहुत दूर नहीं है।

उस समय अवधेश अविवाहित थे और शादी के लिए घरवालों के दवाब का लगातार विरोध कर रहे थे, लेकिन जब उन्होंने कमलेश को देखा तो उनका मन बदल गया। अवधेश ने सोचा कि कमलेश के साथ जीवन बिताना बहुत ही सहज और आसान होगा। फिर उनकी शादी हो गई और जल्दी ही उन्होंने अपनी पहली पुत्री ज्योति को जन्म दिया। अब उन्हें जिंदगी बहुत हसीन लगने लगी थी।

अवधेश एक निपुण दर्जी थे और फुटकर काम करते रहते थे। हालाँकि बहुत जल्द उन्हें यह लगने लगा था कि उनकी सुशील धर्मपत्नी के मन में कुछ और ही है, कुछ ऐसा करना चाहती थी, जो सबसे अलग हो और असंभव को संभव करने जैसा हो। इसीलिए जब अवधेश ने एक अखबार में केंद्रीय सुरक्षा बलों में नवयुवतियों की भर्ती हेतु आवेदन पत्र आमंत्रित करने संबंधी एक विज्ञापन देखा तो वे उस अखबार को अपने घर ले गए। फिर रात के भोजन के बाद अवधेश ने यह अखबार कमलेश को दिखाया। कमलेश के चेहरे के भावों ने सबकुछ साफ कह दिया। अवधेश जानते थे कि कमलेश ऐसा ही कुछ करना चाहती थी, क्योंकि यह मौका धारण करने का था, देश की सेवा करने का मौका था और उससे भी ज्यादा यह खुद को साबित करने का मौका था।

इस तरह सन् 1994 में कमलेश सीआरपीएफ में भर्ती के लिए चयन परीक्षा में सम्मिलित हुईं। कुछ दिनों बाद उन्हें नियुक्ति का प्रस्ताव भी मिल गया। नौकरी के बुलावा-पत्र में लिखा था कि उन्हें इलाहाबाद में अपनी आमद देनी थी और फिर मध्य प्रदेश के एक छोटे से शहर नीमच में प्रशिक्षण के लिए पहुँचना था। यह वह समय था, जब सीआरपीएफ अपने अधीन रेपिड एक्शन फोर्स, यानी आर.ए.एफ. के गठन की प्रक्रिया में थी और कमलेश आर.ए.एफ. की सेवा में शामिल होनेवाली महिलाओं के पहले बैच में शामिल थीं। उस समय उनकी पहली बेटी महज पाँच बरस की थी, लेकिन फिर भी अवधेश को अपनी पत्नी की काबिलीयत पर पूरा यकीन था। अवधेश अपनी बच्ची की जरूरतों को भी खूब समझते थे। ऐसे में अवधेश ने वह किया, जिसकी एक समाधान रूपी विकल्प के रूप में सबसे ज्यादा जरूरत थी। उन्होंने कमलेश से कहा कि बेटी की देखभाल अब से वे खुद करेंगे। बेशक इसमें बहुत सी कठिनाइयाँ भी थीं और लोगों ने इस पर कई तरह के सवाल भी उठाए। कुछ लोगों ने तो उन्हें घर-जमाई और बीवी की कमाई खानेवाला तक कह डाला, लेकिन फिर भी उन्होंने हार नहीं मानी। दरअसल, अवधेश के लिए उनकी पत्नी का हँसता-मुसकराता चेहरा ही सबसे बड़ी नेमत थी। जिस दिन कमलेश ने आर.ए.एफ. की वह नीले रंग की डांगरी पहनी थी, वह दिन उन दोनों के लिए बहुत गर्व का दिन था।

इसके बाद उनका परिवार इलाहाबाद आ गया, जहाँ कमलेश की पहली तैनाती हुई थी। कमलेश अकसर आसपास के इलाकों में परिचयीकरण अभ्यासों के लिए जाया करती थीं। कुछ दिनों में ही वे अपने विनम्र किंतु विश्वसनीय व्यक्तित्व के कारण लोगों के बीच अपनी अलग पहचान बना बैठी थीं। अवधेश को याद था कि जब वे शाम के वक्त पास के बाजार में कमलेश के साथ चहलकदमी किया करते थे तो ऐसा लगता था कि वहाँ के कई लोग कमलेश को जानते हैं। अपने गृह नगर फर्रूखाबाद के लिए भी कमलेश एक प्रेरणास्त्रोत थीं और वहाँ कि लड़कियाँ कमलेश जैसा बनने के सपने देखा करती थीं। उनका परिवार तब पूर्ण हो गया, जब उनकी दूसरी पुत्री श्वेता का जन्म हुआ। इसके एक बरस बाद तबादला होने के कारण वे लोग दिल्ली आ गए।

तभी विलाप की आवाजों ने अवधेश को भावनाओं के समुंदर से बाहर खींच लिया। ये परिवार कमलेश का नहीं, अपितु एक और बहादुर सिपाही नानक चंद का परिवार था, जिसने कर्तव्य की बलिवेदी पर अपने प्राण न्योछावर कर दिए थे। अवधेश ने इस घटनाक्रम के बारे में आसपास एकत्र पुलिसकर्मियों और लोगों ने जानना चाहा। उन्हें बताया कि भारी हथियारों से लैस पाँच आतकी थे, जिन्होंने संसद-भवन पर प्रचंड आक्रमण का दुस्साहस किया था। सुरक्षा बलों ने उन्हें मुँहतोड़ जवाब दिया और उनके नापाक इरादों को नेस्तनाबूद कर दिया। इस हमले के बाद चलाए गए सुरक्षा अभियान में पाँचों आंतकियों को मार गिराया गया। उस समय संसद-भवन में सौ से भी ज्यादा संसद-सदस्य थे, लेकिन सुरक्षा बलों ने अपनी सजगता और त्वरित रक्षात्मक कार्रवाई से लोकतंत्र के इस सर्वोच्च दुर्ग पर जरा सी आँच न आने दी।

अवधेश को आत्मीय-उत्साह से भरी वह शपथ याद आ गई, जो कमलेश ने बरसों पहले ली थी। अपनी दीक्षांत परेड में कमलेश अपनी सहकर्मियों के साथ गर्व से तनकर खड़ी हुई थीं। उस भव्य समारोह में एक विशेष दल के द्वारा राष्ट्रीय ध्वज को ऊँचा रखते हुए उन प्रशिक्षुओं के सामने से गुजारा गया था और इसके पीछे चल रहा था सीआरपीएफ का ध्वज। कमलेश ने उस दिन पवित्र राष्ट्रीय ध्वज का स्पर्श किया था और फिर शपथ-ग्रहण समारोह का गौरवमयी

क्षण सामने था। अवधेश के कानों में आज उस शपथ के शब्द गूँज रहे थे, जो उस दिन एक युवा अधिकारी ने हिंदी में पढ़कर उन जाँबाजों को दिलाई थी—

'मैं परमेश्वर को साक्षी मानकर, अपने धरम से प्रण करती हूँ
कि हिंदुस्तान और हिंदुस्तान की हुकूमत, जो कानून द्वारा बनाई गई है,
की सच्चे मन से हितेषी रहूँगी और
केंद्रीय रिजर्व पुलिस बल में, अपने धर्म और सच्चाई के साथ सेवा करती रहूँगी।
पवन, जल, भूमि जिस मार्ग से जाने की आज्ञा होगी, जाऊँगी
और जिसे मेरा अधिकारी नियुक्त किया जाएगा, उसकी सारी आज्ञाओं का तन-मन से पालन करूँगी,
चाहे उसमें प्राण जाने का भय भी क्यों न हो।'

कमलेश सचमुच आज उस शपथ को पूरी तरह से जी गई थीं। ऐसा सर्वोच्च बलिदान देकर वे बहादुरी और शौर्य का प्रतिमान बन गई थीं। उनके परिवार और उनके देश को उन पर नाज है।

सन् 2002 के गणतंत्र दिवस के अवसर पर राष्ट्रपति के.आर. नारायणन ने कमलेश कुमारी को मरणोपरांत 'अशोक चक्र' से सम्मानित किया। अशोक चक्र शांतिकाल के दौरान प्रदान किया जानेवाला भारत का सर्वोच्च सैन्य अलंकरण है, जो युद्धभूमि से बाहर असाधारण वीरता या सर्वोत्कृष्ट शौर्य अथवा आत्म-बलिदान के लिए प्रदान किया जाता है। 'अशोक चक्र' शांतिकाल के दौरान प्रदान किया जानेवाला वह सर्वोच्च सम्मान है।

आज अवधेश कन्नौज में अपनी दो पुत्रियों के साथ एक साधारण से मकान में रहते हैं। उनका केवल एक ही सपना है कि वे अपनी पत्नी के अरमानों को पूरा कर सकें। वे अपनी बच्चियों को उज्ज्वल भविष्य के लिए सर्वश्रेष्ठ अवसर प्रदान करने का हरसंभव प्रयास करते हैं। उनके घर में 'अशोक चक्र' का बहुत ही सम्मानजनक स्थान है और यह अलंकरण उनके परिवार को प्रेरणास्त्रोत बनकर प्रकाशित करता है।

अवधेश अकसर इस सुनहरे अशोक चक्र को देखा करते हैं और उसे

आदर से चूम लिया करते हैं। इस पदक के अग्र–भाग पर बीचोबीच अशोक चक्र बना हुआ है, जो किनारों पर कमल की सुंदर पुष्पमाला से घिरा हुआ है। यह पदक एक सीधी छड़ (बार) के साथ संलग्न होता है। इस पदक के पृष्ठ–भाग पर पदक का नाम यानी 'अशोक चक्र' ऊपरी किनारे पर हिंदी में और निचले किनारे पर अंग्रेजी में लिखा होता है। अवधेश को अपनी पत्नी और असल खतरे के सामने उनके द्वारा प्रदर्शित अदम्य साहस पर गर्व है। कर्तव्य के प्रति कमलेश का समर्पण उनके सहकर्मियों और उनके गृह नगर फर्रूखाबाद के निवासियों के लिए प्रेरणा का जीवंत स्रोत है। उनके अभिभावकों को जब लोग 'कमलेश के माता–पिता' कहकर बुलाते हैं तो उन्हें खुद पर नाज होता है। कमलेश के सुसरालवाले उन्हें 'बहादुर–बहू' के नाम से पुकारते हैं। अवधेश हमेशा कहते हैं, 'हम सबको एक न एक दिन तो मरना ही है, हममें से कोई यहाँ हमेशा नहीं रहनेवाला, लेकिन हम जिए कैसे, यह बात बहुत महत्त्व रखती है।'

चिरंजीवी योद्धा के सम्मान में—

'मेरी समाधि के सामने खड़े होकर कभी रोना नहीं।
मैं वहाँ नहीं हूँ, कि मुझे जागना है कभी सोना नहीं।
मैं बहती हवाओं की सुरीली रवानी में हूँ।
मैं बर्फ पर चमचमाते हीरों की निशानी में हूँ।
मैं पकी हुई फसलों पर किरणों सा चमकता हूँ।
मैं पतझड़ में हल्की बौछार बन बरसता हूँ।
सुबह की खामोशी में जब तुम जागते हो।
मेरी ही फुरती के साथ तुम सब भागते हो।
मैं झुंड में चुपचाप उड़ते परिंदों का गीत हूँ।
मैं रात को चमचमाते सितारों का मीत हूँ।
मेरी समाधि के सामाने खड़े होकर कभी रोना नहीं।
मैं वहाँ नहीं हूँ, कि मुझे चिरनिंद्रा में कभी सोना नहीं। ☐

को हि भारः समर्थानां किं दूरं व्यवसायिनाम्।
को विदेशः सुविद्यानां कः परः प्रियवादिनाम्।।

शक्तिशाली, चतुर, विद्वान तथा मृदुभाषी व्यक्ति अपने इन गुणों से अपने सभी कार्यों को सरलता पूर्वक संपन्न कर लेते हैं।

राष्ट्रभक्ति

यम बहादुर थापा

तारीख थी 13 दिसंबर, 2001, जब हवलदार वाइ.बी. थापा बड़ी बेफिक्री से क्षितिज पर उगते दिन का नजारा देख रहे थे। अचानक उनके मुँह से अपना ही नाम निकला, 'हवलदार वाई.बी. थापा' और फिर वे चंद बीते दिनों की याद करने लगे। तरक्की पर हवलदार का रैंक लिए उन्हें अभी केवल 15 दिन ही हुए थे। उन्होंने फिर एक बार खुद को हवलदार बुलाते हुए गौरवान्वित महसूस किया। उस समय हवलदार एच.सी. थापा संसद-भवन के मोर्चा नं.1 पर प्रभारी का काम कर रहे थे। हवलदार वाइ. बी. थापा ने एक बार फिर क्षितिज की तरफ देखा और यह जाना कि वर्दी पहनकर ड्यूटी के लिए तैयार होने से पहले अभी उनके पास आधा घंटे का समय बाकी है। आखिरकार अब वे एक ओहदेदार थे और उनके पास एक सिपाही से ज्यादा समय होता था। यह बात मन में आते ही वे मुसकरा दिए।

यम बहादुर थापा का जन्म शिलांग में हुआ था और वे वहीं पर पले-बढ़े थे। आठ भाई-बहनों में सबसे छोटे यम बहादुर अपने माता-पिता के चहेते थे। उन्हें याद है कि उनका बचपन बहुत कठिनाइयों भरा मगर खुशहाल था। मूल रूप से नेपाल निवासी उनका परिवार कई वर्षों पहले शिलांग आकर बस

गया और यहाँ के सुसंगठित समुदाय में रच-बस गया था। यह परिवार मूलत: पशुपालन पर निर्भर था और पूरा परिवार पशुओं की देखरेख किया करता था और उन्हें चारागाहों पर ले जाया करता था। यम ने मदन लाबन नेपाली सेकेंडरी स्कूल से आठवीं कक्षा की परीक्षा उत्तीर्ण की। वह कभी भी एक होनहार छात्र नहीं रहे, बल्कि स्कूल में पढ़ाई के दौरान उन्हें खासी मेहनत करनी पड़ती थी। अलबत्ता वे खेलकूल की गतिविधियों में अव्व्ल रहते थे, इसलिए वे हमेशा जोश से भरे रहते थे। नौजवान यम बहादुर सभी खेलों में आगे थे। अपने बिस्तर पर लेटे-लेटे वे उन दिनों की याद कर रहे थे, जब वे एक बार सैर-सपाटे के लिए शिलांग की पर्वतीय चोटियों पर गए थे। सबसे ऊँची चोटी पर चढ़कर शिलांग को देखते ही वे मंत्रमुग्ध हो गए थे। उस समय उनके शिक्षक ने उन्हें बताया था कि यूँ तो शिलांग के नाम को लेकर कई किस्से-कहानियाँ प्रचलित हैं, किंतु इनमें सबसे ज्यादा प्रचलित लोकगाथा यह थी कि शिलांग का नाम एक नवयुवक के नाम पर रखा गया था, जिसका नाम था यू. शाईलांग। आज के शिलांग से दक्षिण दिशा में लगभग 14 किलोमीटर दूर बिस्सी नामक गाँव में 'लिर' नाम की युवती रहा करती थी। उस लड़की ने एक बार एक मृत शिशु को जन्म दिया और उसका नाम यू. शाईलांग रखा। चूँकि वह बच्चा मृत था, अत: उसे एक बगीचे में दफना दिया गया। कई वर्षों बाद वह बच्चा आधी रात को उस महिला के दरवाजे आ खड़ा हुआ। उस बच्चे ने महिला को यह विश्वास दिलाया कि वह ही उसकी माँ है और वह यहाँ कानून और न्याय की स्थापना के लिए आया है। यू. शाईलांग (अर्थात् वह जो कुदरत की गोद में पला-बढ़ा हो) को शिलांग का सबसे बड़ा देवता माना जाता है। इस कहानी को सुनकर यम बहादुर को अनायास ही यह समझ में आ गया था कि आखिर किसी खतरे या विपत्ति अथवा बदकिस्मती के समय प्रार्थना करते समय शिलांगवासी बार-बार यह वाक्य 'कोत-शाईलांग' अर्थात् 'कॉल-शाईलांग' क्यों बोलते थे।

आठवीं कक्षा में पढ़ते-पढ़ते यम बहादुर एक नवयुवक बन चुके थे, लेकिन उन्हें कोई सही राह दिखानेवाला नहीं था। वे शहर में या इसके

आसपास के इलाकों में यूँ ही फुटकर काम करके अपनी गुजर-बसर कर लेते थे। वह 1985 का साल था; भारतवासियों ने अपने चहेते प्रधानमंत्री को खो दिया था और पूरे देश में अनिश्चितता का माहौल था। ऐसे में यम बहादुर को पता चला कि सेंट्रल रिजर्व पुलिस फोर्स द्वारा नई बटालियनें खड़ी करने के लिए एक खुली भर्ती आयोजित की जा रही है। उन्होंने शिलांग के पोलो-ग्राउंड पर सीआरपीएफ के सेंटर को देखा था, इसलिए जवानों की भर्ती करनेवाली एजेंसी, 53 बटालियन सीआरपीएफ के भर्ती-मैदान तक पहुँचने में कोई संकोच नहीं हुआ। उनके साथ उनके कई दोस्त भी भर्ती हो गए थे और ऐसे में आवड़ी, मद्रास में गठित होनेवाली सीआरपीएफ की 73वीं बटालियन में रंगरूटों के रूप में जाना उन सबके लिए बहुत ही उमंग और उत्साह का क्षण था।

मद्रास, जिसे अब चैन्नई कहा जाता है, वहाँ जाना उन सबके लिए एक कष्टप्रद अचंभे की भाँति था। दरअसल वे लोग शिलांग की खुली आबोहवा के बाशिंदे थे और एक तटीय शहर के गर्मी, धूल और उमस भरे माहौल में जीना उनके लिए बेहद दूभर होनेवाला था। पूर्वी भारत का स्कॉटलैंड कहे जानेवाले शिलांग, जहाँ दूर-दूर तक फैली हरी-भरी पहाड़ियों और उन पर बरबस झुके बादलों का नजारा एक आम बात थी, वहाँ से मद्रास की नमकीन हवाओं की तरफ रुख करना कम-से-कम कहने-सुनने में तो कष्टप्रद ही लगता था। इस नई जगह के खानपान के साथ के गुजर-बसर करना भी बहुत कठिन था, खास तौर पर उनके लिए जिनका कभी पसीने और चिपचिप गर्मीवाले वातावरण से पाला ही न पड़ा हो। उन पहाड़ी बालकों को शारीरिक कसरत बहुत ही आसान लगती थी, लेकिन वे हर समय थके-थके से नजर आते थे। वास्तव में वे अपने आसपास के वातावरण से उकता चुके थे। हर सुबह ये लोग खुद से यही सवाल किया करते थे कि क्या उन्हें यहाँ से सबकुछ छोड़कर अपने घर नहीं लौट जाना चाहिए। दीक्षांत परेड के बाद यम बहादुर को सीआरपीएफ की 35वीं बटालियन में पदस्थ कर दिया गया, जो उस समय जमशेदपुर में तैनात थी। उसके बाद जगह-जगह तैनाती और

ड्यूटियों का सिलसिला शुरू हो गया और यम बहादुर ने अपने हथियारबंद सहकर्मियों और संगी-साथियों के साथ देशभर के कई स्थानों पर अपनी सेवाएँ दीं।

उनकी निजी जिंदगीं में भी तब्दीलियों का दौर जारी था और सन् 1988 में उन्होंने एक नेपाली युवती से विवाह कर लिया, जिनका परिवार शिलांग में ही रहता था। हालाँकि आनेवाले सालों में वहाँ के हालात बुरे हो गए और फिर वहाँ एक नवयुवती को अकेला छोड़ना मुनासिब न हो सका। यम बहादुर थापा के भाई भी सेना में सेवारत थे, इसलिए उनके परिवार के देखभाल करनेवाला शिलांग में कोई नहीं बचा था। उनके पिता, जिन्होंने कई वर्षों तक परिवार को एकजुट रखा, अब इस दुनिया में नहीं थे। तब उन भाइयों ने आपस में बहुत सोच-विचार के बाद यह फैसला लिया कि क्यों न अब इस परिवार को वापस नेपाल भेज दिया जाए। इस तरह सन् 1998 में मन से नाखुश होते हुए भी उन्हें अपने परिवार को नेपाल भेजना पड़ा। इस देश ने उन्हें सब कुछ दिया था। उनमें भारतीय संविधान के प्रति सच्ची निष्ठा थी, लेकिन फिर भी उनका परिवार अब यहाँ सुरक्षित महसूस नहीं कर रहा था। इस बात पर पछतावे और कसमसाहट की लहर अकसर उनके दिमाग में कौंध जाती थी।

तभी एक जानी-पहचानी घंटी की आवाज उन्हें उस विचार-मंथन ने बाहर खींच लाई, जो इस बात का इशारा कर रही थी कि नाश्ता तैयार है और इसके बाद उन्हें निर्धारित मोर्चे पर पहुँचना था।

उस दिन उनकी ड्यूटी संसद-भवन के गेट नं. 1 पर थी। यह द्वार केंद्रीय मंत्रियों, संसद-सदस्यों और अन्य गण्यमान्य लोगों के प्रवेश के लिए निर्धारित था। उस समय संसद सत्र चल रहा था और इसीलिए यह एक व्यस्तम दिन था। इस संतरी-पोस्ट के प्रभारी होने के नाते हवलदार वाइ.बी. थापा के पास बहुत बड़ी जिम्मेवारी थी। कई बार खुद किसी काम को करना दूसरे लोगों से काम करवाने से कहीं ज्यादा आसन होता है। यहाँ वे अपने अधीन कर्मियों के कार्य एवं आचरण के लिए भी पूरी तरह से जिम्मेवार थे। वे अपने कर्तव्य का हमेशा गंभीरतापूर्वक निर्वहन करते थे। उस दिन भी उन्होंने

शस्त्रागार से अपनी कार्बाइन उठाई और निर्धारित मोर्चे की ओर चल पड़े। उन्होंने अपने अधीन सिपाहियों के हथियारों को करीब से देखा और पाया कि सभी के हथियार चमचमा रहे थे और अच्छी देखभाल की मिसाल पेश कर रहे थे। सिबसागर में 27वीं बटालियन में तैनाती के दौरान उनके अनुभवों ने उन्हें सिखाया था कि हथियारों को हमेशा नजदीक से देखना-परखना चाहिए। उन्होंने इस बार भी ऐसा ही किया था, लेकिन उन्हें उस समय यह नहीं पता था कि उनकी यह सावधानी बरतने की आदत एक दिन कई जानें बचा लेगी।

जैसे-जैसे दिन चढ़ता गया, कई विशिष्ट हस्तियाँ वहाँ से गुजरती रहीं। उस स्थान पर मीडियाकर्मी भी भारी तादाद में इकट्‌ठा थे। अचानक सारा वातावरण तेज धमाकों से गूँज उठा और फिर भारी गोलीबारी शुरू हो गई। यम बहादुर ने तेजी दिखाई और गोलियों के वार से खुद को बचाने नीचे झुकते हुए पोजिशन ले ली। उन्हें पलक झपकते ही यह पता चल गया कि कुछ आतंकियों ने सरकारी दिखनेवाली एक एंबेसडर कार में गेट नं. 11 से भीतर प्रवेश कर लिया है, जिस पर कई मंत्रालयों के स्टीकर्स चस्पा थे। इस कार के बोनट पर राष्ट्रीय ध्वज भी लगा था और यह कार अनिवार्य जाँच के लिए रुके बिना ही आगे बढ़ गई थी। सभी वायरलैस उपकरणों पर सुरक्षा-निर्देश गूँज रहे थे, लेकिन शोर-शराबे के कारण कुछ भी ठीक से सुनाई नहीं दे रहा था। अपनी सुरक्षित पोजिशन से यम बहादुर ने देखा कि आंतकियों की अंधाधुंध गोलीबारी में कई लोग मारे गए थे और वहीं कुछ लोग आंतकियों द्वारा फेंके गए हथगोलों के टुकड़ों से घायल होकर जमीन पर पड़े थे।

यम बहादुर को यह अहसास हो चला था कि अब उनकी परीक्षा की घड़ी आ चुकी है। उन्होंने भारतीय लोकतंत्र के महान गढ़, यानी संसद-भवन पर हमले का दुस्साहस करनेवाले आतंकियों के नापाक इरादों को नाकामयाब करने का पक्का इरादा कर लिया था। यम बहादुर जानते थे कि यह केवल एक इमारत नहीं है, बल्कि लाखों भारतीयों की आशाओं और अरमानों से बना पवित्र दुर्ग है। मूल रूप से वे एक नेपाली थे, लेकिन उन्होंने भारत के उस सर्वोच्च दस्तावेज की कसम ली थी, जो इसी इमारत के भीतर बनाया गया था

और जिसे भारत का संविधान कहा जाता है। इसी बीच उन्होंने अपनी नसों में तेज रक्त संचार महसूस किया। उन्होंने अपनी कार्बाइन की मेगजीन की जाँच की और फिर उसे कॉक कर लिया। उन्होंने अपने साथी सिपाही सुखविंदर सिंह की ओर देखा, जो उनके पीछे पूरी तैयारी में था। अब वे आतंकियों पर हमला बोलने को तैयार थे। तभी एक आतंकी उनके सामने मँडराने लगा। उसने उन पर गोलियाँ चलाईं, लेकिन निशाना चूक गया और गोलियाँ बेहद नजदीक से गुजर गईं। इसके बाद यम बहादुर और सुखविंदर सिंह ने उस आतंकी को दूसरा कोई मौका नहीं दिया। उस आतंकी पर गोलियाँ बरसाते हुए यम बहादुर गोलियों को निशाने पर लगता तो देख रहे थे, लेकिन जैसा उन्होंने सोचा था, वह आतंकी अब भी ढेर नहीं हुआ था। तभी अचानक उस आतंकी के शरीर के चीथड़े उड़ गए। वह बहुत ही घिनौना दृश्य था, जब उस आतंकी के शरीर के कुछ टुकड़े यम बहादुर के पास आ गिरे। दरअसल, उस आतंकी ने एक आत्मघाती बेल्ट या जैकेट पहनी हुई थी और इस गोलीबारी की बीच वह काम कर गई, जिससे उस आतंकी का शरीर छिन्न-भिन्न हो गया।

हालाँकि यह हतप्रभ खड़े रहने और आँखों-देखी घटना के बारे में सोच-विचार का समय नहीं था और तभी उनके आसपास चारों ओर गोलियाँ बरसने लगीं तथा हथगोलों के धमाके गूँज उठे। ये आवाजें कानों को बेहरा कर देनेवाली थीं और यम बहादुर को पता था कि अब तक उनकी सहायता के लिए अतिरिक्त सुरक्षा बल कूच कर चुके होंगे। बस इसी कर्तव्यबोध ने उन्हें अधिकारियों के पहुँचने तक मोर्चा सँभाले रखने के लिए प्रेरित किया। तभी उन्होंने एक और आतंकी को अपनी ओर बढ़ते देखा, जो लगभग सभी दिशाओं में गोलियाँ बरसा रहा था। आतंकियों का चाहे जो मकसद रहा हो, मगर इस घड़ी वे बौखलाए हुए नजर आ रहे थे। यम बहादुर ने निशाना साधकर उस आतंकी पर गोलियाँ चलाईं और जवाब में उस आतंकी ने भी यम बहादुर पर गोलियाँ बरसाईं। यम बहादुर ने उस आतंकी की आँखों में दहशत देखी थी, जो ढेर हो चुका था। इसी बीच यम बहादुर को पैर में तेज दर्द का अहसास हुआ। ऐसा लग रहा था जैसे आतंकी द्वारा चलाई गई

गोलियाँ कहीं से टकराकर उनके घुटने में आ लगी थीं। उनके पैर से गर्म लाल रक्त बह निकला। उन्होंने दूसरे आतंकी के शव को घृणा से देखा को और खुद को सँभालते हुए बैरक की ओर चल पड़े। अपने बाएँ पैर को लगभग घसीटते हुए वे बहुत ही आत्मविश्वास से उस सुरक्षित स्थान की ओर बढ़ रहे थे। हालाँकि यह दूरी उनके लिए बहुत ज्यादा थी। राष्ट्रपिता महात्मा गांधी की प्रतिमा के पास आते-आते उनके घायल शरीर ने जवाब दे दिया। झुके हुए आगे बढ़ते-बढ़ते उन्हें महसूस हुआ कि शांति और अहिंसा के ये देवदूत उन्हें अपना आशीष जरूर देंगे। उन्हें पता था कि महात्मा गांधी उनकी कर्तव्यपरायणता के साथ थे और ऐसा सोचते हुए वे आगे बढ़ते रहे।

इसके बाद का वक्त होश और बेहोशी के बीच की खामोशी में गुजर गया। उन्हें पता था कि उन्हें कुछ प्रारंभिक उपचार दिया गया था, लेकिन ज्यादा खून बहने से हुए नुकसान को रोकना एक मुश्किल बात थी। कुछ दूरी पर हो रही गोलीबारी के थमने का अहसास होने लगा था, लेकिन वायरलेस उपकरण अब भी चीख रहे थे। यम बहादुर पास आती एंबुलेंस के चीखते सायरन को सुन पा रहे थे, फिर जैसे ही वह एंबुलेंस उन्हें वहाँ से लेकर चली, यम बहादुर ने संसद-भवन की भव्य इमारत को शायद अंतिम बार देखा था। यह अचरज की बात थी कि उस समय यम बहादुर अपने बड़े बेटे के बारे में सोच रहे थे, जो अभी महज तीन वर्ष का था और जिसके उसने ढेर सारी मिठाइयाँ लाने का वादा किया था। उन्हें धुँधला-धुँधला ही सही मगर यह भी याद आ रहा था कि वह गुरुवार का दिन था और आज उन्हें दोपहर के भोजन में कढ़ी-चावल मिलनेवाले थे। उन्हें बुनियादी प्रशिक्षण के अपने उस्ताद का चेहरा याद आ रहा था, जिसने उन्हें सही तरीके से बंदूक चलाना सिखाया था। जिस समय वह एंबुलेंस सायरन बजाती हुई राम मनोहर लोहिया अस्पताल पर जाकर रुकी, उस समय यम बहादुर मन-ही-मन अपने उस्ताद का नाम याद करने की जद्दोजहद में लगे हुए थे। उन्होंने खुद को भीतर से मजबूत किया और डॉक्टर से अपने जख्मों के बारे में पूछने चाहा, लेकिन इससे पहले ही वे बेहोश हो गए।

जब होश आया तो उन्हें कोई दर्द नहीं था। उन्हें बताया गया कि उन्हें दो गोलियाँ लगी थीं। इनमें से एक गोली उनकी पिंडली के आर-पार निकल गई थी, लेकिन दूसरी गोली एक प्रमुख रक्तवाहिनी के पास जा फँसी थी। ऐसे में ऑपरेशन के दौरान किसी नस के स्पर्श से बड़ा जोखिम उत्पन्न हो सकता था और वे हमेशा के लिए अपंग हो सकते थे। इसी बीच यम बहादुर ने उन्हें समझाइश देनेवाले उस दयावान डॉक्टर को टोक दिया और जोर देकर कहा कि उनके लिए ये जख्म कोई मायने नहीं रखते थे और न ही इनका कोई महत्त्व है। वे बोले कि सबसे महत्त्वपूर्ण तो संसद-भवन की सुरक्षा थी, इसीलिए उन्होंने इसके बारे में जानने की जिज्ञासा व्यक्त की। विश्वास से भरे उस डॉक्टर के चेहरे पर एक बड़ी सी मुसकान बिखर गई और यम बहादुर को बताया कि उन पाँचों आंतकियों को सीआरपीएफ के बहादुर जवानों ने मार गिराया था और संसद-भवन की पवित्रता बरकरार है। तब जाकर यम बहादुर के शरीर से चिंता और तनाव का बोझ कम हुआ और उन्होंने महसूस किया कि बाकी सब ठीक था और वे भी एक दिन भले-चंगे हो जाएँगे।

इसके बाद यम बहादुर लगभग एक पखवाड़े तक अस्पताल में भर्ती रहे और फिर उन्हें अस्पताल से यह सलाह देते हुए छुट्टी भी दे दी गई कि वे अपने पैर पर जरा भी जोर न दें। मीडियाजनों ने उनका खूब अभिवादन किया और उन्हें एक सच्चे हीरो के रूप में निरूपित किया। अस्पताल में भी कई मंत्री और गण्यमान्य व्यक्ति उनसे मिलने आते रहे और उनकी बहादुरी के लिए उनकी पीठ थपथपाते रहे। लेकिन सच यह था कि यम बहादुर थापा अब अपने परिवार से मिलना चाहते थे। जहाँ उनकी पत्नी निवास करती थी, उस गाँव में संचार-व्यवस्था एकदम लचर थी और ऐसे में उनसे फोन पर बात करने का कोई औचित्य नहीं बन रहा था। बच्चे भी थोड़े बड़े हो गए थे और उनकी पत्नी को इस हादसे के बारे में बेशक पता चल गया था। उन्होंने रेडियो के समाचारों में इस घटना के बारे में सुन लिया था, लेकिन यह बहुत अच्छा था कि वे इस बारे में सबकुछ नहीं जान पाई थीं। उन्हें यह तो पता था कि सुरक्षा बलों ने भारतीय संसद पर हुए आतंकी हमले को नाकाम कर दिया

था, परंतु वे यह नहीं जानती थी कि इसमें उनके पति की भी भूमिका रही है। उन्हें नहीं पता था कि उनके पति जख्मी हो गए थे और यम बहादुर ने उन्हें यह सब बताना मुनासिब भी नहीं समझा था। जख्मों से ठीक तरीके से उबरने के बाद यम बहादुर ने छुट्टी की अर्जी दी और उन्हें तत्काल छुट्टी मंजूर कर दी गई। फिर नववर्ष की पूर्व संध्या पर उन्होंने नेपाल के लिए उड़ान भरी।

काठमांडू से उनके गाँव तक रातभर का सफर तय करना होता था। उस रात कड़ाके सर्दी थी और वे अपने कँपकँपाते पैर पर जरा भी तरस नहीं खा रहे थे। जिस समय उनकी बस पहाड़ी इलाके के ऊबड़खाबड़ रास्तों से गुजरने लगी तो उन्होंने अपने पैर में सुन्नपन का अनुभव भी किया। वे दोपहर के वक्त वहाँ पहुँचे और जब सूरज की गर्मी मिली तो उनके पैर में रक्त-संचार भी लौट आया। उनका परिवार उन्हें देखने को बेताब था। उनकी पत्नी उनके चलने का ढंग बड़े गौर से देख रही थी, लेकिन यम बहादुर मुसकरा दिए। इससे पहले कि वे अपनी पत्नी को कुछ बता पाते, गाँव के पुजारी उन्हें आवाज देते वहाँ आ पहुँचे। फिर उन्होंने यम बहादुर थापा को 'कुलदेवी' की सामुदायिक पूजा में न आने के लिए फटकार भी लगाई। पुजारी ने यह भी कहा कि कि उनके समुदाय में इसका अच्छा संदेश नहीं गया है और इससे आनेवाले समय में निश्चित रूप से दुर्भाग्यपूर्ण परिस्थितियों का सामना करना होगा। यम बहादुर की पत्नी अपने पति को फटकार लगते और उन्हें सिर झुकाकर शर्मिंदा होते देख रही थीं। पुजारी अशुभ संकेतों के बारे में बोलते गए और यम बहादुर उनकी बातें चुपचाप सुनते रहे। उनके पड़ोसी अब वहाँ एकत्र होने लगे थे और यह सब किसी को भी अच्छा नहीं लग रहा था। यम बहादुर के बड़े भाई, जो भारतीय सेना में थे और इन दिनों छुट्टी पर आए हुए थे, अचानक बीच में बोल पड़े। उन्होंने पुजारी को बात पूरी किए बिना ही रोक दिया। यह सब बिल्कुल अप्रत्याशित था। फिर यम बहादुर के बड़े भाई ने दिल्ली में उस दुर्भाग्यपूर्ण दिन घटित हुआ सारा घटनाक्रम सबके सामने बयाँ कर दिया। उन्होंने सबको यह भी बता कि कि उनके छोटे भाई का इस आतंकी हमले को विफल करने में बहुत बड़ा योगदान रहा। उस समय वे

पूरी वाक्पटुता और गर्व से बोले। इसके बाद यम बहादुर ने उस भयंकर जख्म के निशान सबको दिखाए, साथ ही अखबारों में छपी खबरें भी दिखाईं, जो वे अपने साथ ले आए थे। यम बहादुर ने कनखियों ने अपनी पत्नी का चेहरा देखा, जो भय और चिंता से आक्रांत था। इसके बाद यम बहादुर ने लोगों की आँखों में अपने लिए एक बार फिर गर्व और सम्मान की झलक देखी।

हवलदार यम बहादुर थापा को उनके शौर्य और साहसिक कार्य के लिए 'शौर्य चक्र' से सम्मानित किया गया। असली खतरे के सामने भी उनके चेहरे पर दर्द की शिकन नजर नहीं आई। उनकी बहादुरी और निर्भीकता ने उस दिन देश की लाज रख ली थी। एक भव्य सैन्य सम्मान समारोह में राष्ट्रपति डॉ. ए.पी.जे. अब्दुल कलाम ने उनके गर्व से तने सीने पर यह पदक लगाया। आज यम बहादुर थापा जब पीछे मुड़कर देखते हैं तो सोचते हैं कि उन्हें उनकी तकदीर से जो मिलना था, मिल चुका है और वे जीवन के हर मुकाबले में विजयी रहे हैं।

□

यो न राष्ट्र स्निह्यति, न स स्नेहं क जानीते।

जो अपने देश से प्यार नहीं करता
वह किसी से भी प्यार नहीं कर सकता।

पराक्रम के सच्चे प्रतिमान

डी. संतोष कुमार

संतोष ने उस दिन संसद-भवन की भव्य इमारत को देखकर बहुत ही गौरवान्वित महसूस किया था। वे लोकतंत्र के गढ़, यानी भारतीय संसद के समक्ष खड़े थे। यही तो वह पावन धरा थी, जिससे लाखों देशवासियों की आशाएँ और अरमान हुए जुड़े हैं। सीआरपीएफ की 23वीं बटालियन में बड़े ही गौरव के साथ एक सिपाही के कर्तव्यों का निर्वहन करनेवाले संतोष आज उस इमारत को निहार रहे थे, जो इस देश के लोगों के अधिकारों की सदैव रक्षक रही थी। संसद-भवन के भव्य द्वारों को देखते हुए आज उन्हें वह सुहाना पल याद आ रहा था, जो उनके जहन में हमेशा ताजा बना रहता था।

अभी छह महीने पहले ही तो संतोष ने सीआरपीएफ में अपना बुनियादी प्रशिक्षण पूर्ण किया था। दीक्षांत परेड के दिन उन्होंने भारत के संविधान के प्रति सत्यनिष्ठ बने रहने की शपथ भी ली थी। सच कहें तो संतोष के जीवन में इस शपथ से बड़ा कुछ भी नहीं था। आज वही पल उन्हें याद आ गया था और फिर वे रंगरूट प्रशिक्षण केंद्र, नीमच में बिताए दिनों को याद करके मंद-मंद मुसकराने लगे थे।

गाजीपुर (उत्तर प्रदेश) के मूलनिवासी संतोष की परवरिश हैदराबाद में हुई थी। उनके पिता सीआरपीएफ में सेवारत थे, इसलिए उनका परिवार सीआरपीएफ परिसर में निवास करने लगा था। उनके माता-पिता ने यह फैसला बच्चों को शिक्षा की बेहतर सुविधाएँ दिलवाने के लिए लिया था। संतोष अपनी बड़ी बहन और छोटे भाई के साथ हैदराबाद के सीआरपीएफ परिसर स्थित केंद्रीय विद्यालय में पढ़े थे। वे पढ़ने में तेज थे और स्काउट-गाइड की ओर उनका काफी रुझान था, जिससे उन्हें अपना कॅरियर चुनने में खासी मदद मिली थी। सीआरपीएफ के ही परिसर में पला-बढ़ा होने के कारण वे इस फोर्स से बहुत प्रभावित थे और इसके साथ अटूट जुड़ाव महसूस करते थे। इसलिए तो उस सीआरपीएफ परिसर में जब भर्ती रैली आयोजित की गई तो संतोष ने उसमें भाग लिया और वे चयनित हो गए। इस बारे में उनके मन में कोई शंका नहीं थी कि अब उन्हें सीआरपीएफ के साथ मिलकर देशसेवा करनी थी। इसके बाद उन्हें रंगरूट प्रशिक्षण केंद्र, नीमच में उपस्थित होने का निर्देश प्राप्त हुआ।

नीमच मध्य प्रदेश राज्य के मालवा क्षेत्र में बसा एक छोटा सा शहर है। सौभाग्यवश सीआरपीएफ की जन्मस्थली होने के कारण इस स्थान का बहुत बड़ा महत्त्व है। अतीत में मूल रूप से इस स्थान पर एक बहुत बड़ी ब्रिटिश छावनी हुआ करती थी, जो कालांतर में राजपूताना-मालवा एजेंसी का गढ़ बन चुकी थी। सन् 1939 में इसी स्थान पर 'क्राउन रिप्रेजेंटेटिव्स पुलिस' का गठन किया गया था। आजादी के बाद लौह पुरुष सरदार वल्लभ भाई पटेल ने नए भारत की संघीय शासन व्यवस्था में एक ऐसे सुरक्षा-बल की आवश्यकता पर काफी बल दिया था, जिसका कई तरीकों से इस्तेमाल किया जा सके। इस तरह से इस फोर्स को अक्षुण्ण रखा गया और इसे सेंट्रल रिजर्व पुलिस फोर्स का नया नाम दिया गया।

संतोष ने नीमच का नाम तो सुना था और सीआरपीएफ के रणबाँकुरों की वीरता के कई किस्से भी सुने थे, लेकिन फिर भी उनके जहन में नीमच की कोई तसवीर उभरकर सामने नहीं आ रही थी। नीमच सीआरपीएफ के

अधिकारियों के दिलों की धड़कन था और इस फोर्स के ऐसे ही कई जाँबाज इस शहर की जीवन-यात्रा का आधार थे। नीमच पहुँचने के बाद विक्टोरिया बैरक के भव्य द्वार से भीतर प्रवेश करते हुए संतोष को ऐसा लगा, जैसे ये प्राचीन इमारतें कई पुरानी पीढ़ियों के गौरवशाली इतिहास की कहानियाँ कह रही हों। अगले दिन जब संतोष एकदम नई और कड़क वर्दी पहने प्रशिक्षण के मैदान में उतरे तो उन्हें महसूस हुआ कि वाकई उन सैकड़ों लोगों ने कितनी मशक्कत और कड़ी मेहनत की होगी, जो इस धरा पर प्रशिक्षण पा चुके थे। अभी संतोष इन्हीं खयालों में खोए थे कि उनकी नजर सामने लिखे एक संदेश पर जा पड़ी थी, जिसमें मोटे-मोटे अक्षरों गें लिखा था, 'प्रशिक्षण में जितना पसीना बहाओगे, रणभूमि में उतना ही कम खून बहेगा।' यह पढ़कर यकायक उनके शरीर में बिजली सी कौंध गई। और क्यों न हो, संतोष ने बुनियादी प्रशिक्षण को बहुत गंभीरता से पूर्ण करने का प्रण जो ले रखा था।

दिन-रात एक करके प्रशिक्षण पूर्ण करने के बाद जब दीक्षांत परेड का मौका आया तो संतोष के सभी प्रशिक्षु साथी उत्सव की धूम में मग्न होने लगे थे। यह ऐसा समय था, जब संतोष मन-ही-मन गहरी पीड़ा का सामना कर रहे थे, क्योंकि उनके पिता आज इस दीक्षांत परेड में मौजूद नहीं थे। दरअसल इस बीच उनके पालनहार पिता की अचानक मृत्यु हो गई थी। वाकई उनके परिवार के लिए यह बहुत बड़ा सदमा था। उनके पिता हाल ही में हवलदार बने थे। आज इस बेहद खास मौके पर संतोष अपने पिता को बहुत याद कर रहे थे और ऐसे में संतोष के लिए अपने आँसू रोक पाना बहुत मुश्किल हो रहा था।

देश के दुश्मनों के साथ लड़ाई में नौजवानों को उतारने के मकसद से सुरक्षा-बलों में यह एक आम कवायद थी कि नवप्रशिक्षित सिपाहियों को पहले-पहल सुरक्षा-अभियानों में लगी बटालियनों में ही भेजा जाए, लेकिन संतोष अपनी पदस्थापना के फैसले से एकदम अचंभित थे। एक तरफ जहाँ सारे नवनियुक्त सिपाहियों को आंतरिक-सुरक्षा अभियानों में लगी बटालियनों में भेजा गया था, वहीं संतोष को दिल्ली स्थित एक बटालियन

में पदस्थ किया गया था। इसमें भी एक आश्चर्य की बात यह थी कि संतोष को सीआरपीएफ की 23वीं बटालियन में पदस्थ किया गया था, जहाँ उनके पिता की अंतिम तैनाती रही थी। संतोष ने इसे अपने पिता का आशीर्वाद मानते हुए स्वीकार कर लिया था और अपने पिता के पदचिह्नों पर चलने की सौगंध ली थी।

संतोष अभी इन्हीं विचारों में खोए हुए थे कि उनकी कलाई घड़ी से मंद-मंद अलार्म बज उठा, जो उन्हें याद दिला रहा था कि अब संसद-भवन पर उनकी ड्यूटी का वक्त हो चुका था। प्रायः वहाँ सुरक्षा कर्मी 2-2 घंटों की ड्यूटियाँ निभाते थे। इसका मकसद यह था कि सुरक्षाकर्मियों के बीच हर समय सजगता बनी रहे। संतोष को आज 11:00 बजे से 13:00 बजे तक ड्यूटी पर रहना था। उस दिन संतोष की ड्यूटी संसद-भवन के गेट नं. 11 पर थी, जो अतिविशिष्ट जनों के प्रवेश द्वार गेट नं. 1 से बहुत नजदीक ही था।

जैसे-जैसे दिन बीतता गया, एक के बाद एक गाड़ियाँ सनसनाती हुई उन प्रवेश द्वारों से गुजरती रहीं। रोज की तरह आज भी वहाँ मीडियाजनों की भीड़ इकट्ठा थी। हालाँकि उस दिन संसद सत्र स्थगित हो गया था, लेकिन अभी भी कई लोग संसद-भवन के भीतर थे। वहीं गण्यमान्य नेताओं के कुछ सहयोगी बाहर सर्दियों की गुनगुनी धूप का मजा ले रहे थे। संतोष ने अपने चारों ओर चहलकदमी करते इन विशिष्ट जनों को देखकर सोचा कि आखिर इस तरह टहलते हुए इनके दिमागों में क्या चल रहा होगा।

अचानक खयालों में खोए संतोष को एक तेज धमाके की आवाज ने झकझोर दिया। इसके बाद एक और हल्का धमाका भी सुनाई दिया। संतोष का प्रशिक्षण कुछ समय पूर्व ही पूर्ण हुआ तो और उन्हें यह समझते देर न लगी कि ये आवाजें गोलीबारी की आवाजें थीं। वो बेहद आश्चर्यचकित थे, क्योंकि उन्होंने दिल्ली के हृदय-स्थल पर और वह भी संसद-भवन में ऐसी आवाजों की कभी अपेक्षा नहीं की थी। ये आवाजें सुनते ही संतोष पूरी तरह से चौकस हो गए और फिर उन्होंने अपने कमांडर की तरफ भरोसे से देखा। फिर आँखों के इशारे के साथ ही वे दोनों हरकत में आ गए और किसी

अनजाने खतरे से मुकाबले के लिए अपनी बंदूकें तैयार कर लीं। इसके साथ ही उन्होंने जवाबी हमले के लिए सुरक्षित व सुविधाजनक स्थान भी ले लिया। एक पेड़ के पीछे आड़ लेने के बाद संतोष ने अपने सामने के इलाके पर सावधानीपूर्वक नजर डाली। उनकी आँखों के सामने चार आतंकी मँडरा रहे थे, जो भारी हथियारों से लैस थे और अंधाधुंध गोलियाँ बरसा रहे थे। इससे यह साफ था कि वे आतंकी संसद-भवन में घुसने का मौका तलाश रहे थे। अब संतोष के मन का वह वहम यकीन में बदल गया था कि संसद-भवन पर आतंकी हमला हुआ था।

ऐसे में अपने दुश्मनों पर निशाना साधते हुए संतोष के मस्तिष्क में प्रशिक्षण के दौरान उनके उस्ताद द्वारा कहे गए शब्द गूँज उठे। फिर उन्होंने एक गहरी लंबी साँस ली और अपने हथियार से गोलियाँ दाग दीं। उनकी गोलियाँ निशाने पर लगीं और उन्होंने एक आतंकी को वहीं जमीन पर ढेर होते देखा। अभी उसके बारे में इससे ज्यादा सोचने-समझने का वक्त नहीं था। इसके बाद संतोष ने दूसरे आतंकी को भी इसी तरह मार गिराया। उनकी सेल्फ-लोडेड राइफल, स्वचालित ढंग से गोलियाँ बरसा रही थी और फिर जल्द ही उनकी मैगजीन खाली हो गई। अपने साथ कठिन प्रशिक्षण का अनुभव लिए संतोष ने बड़े ही इत्मिनान से नजर नीचे किए बगैर ही मैगजीन को बदल डाला। उन्होंने दुश्मन पर से अपनी नजर जरा भी हटने नहीं दी। हालाँकि अब तक बाकी बचे दो आंतकियों ने संतोष को देख लिया था और वे उन पर गोलियाँ बरसाने का रुख कर चुके थे। लेकिन संतोष उन आतंकियों से कहीं ज्यादा फुरतीले निकले। उनकी गोलियाँ एक आतंकी के पेट में जा लगीं और वह आतंकी संतोष को क्रूर नजरों से घूरता हुआ वहीं ढेर हो गया। अब बाकी बचा एक आतंकी संतोष की गालियों से बचने के लिए एक कोने की आड़ लेने लगा। इस बीच कुछ दूरी से भी गोलीबारी की आवाज सुनाई दे रही थी। संतोष जानते थे कि उनके साथी भी इस अकेले बचे आतंकी को मार गिराने की जद्दोजहद में लगे थे।

कुछ समय बाद संतोष को पता चला कि वह आखिरी आंतकी भी मार

गिराया गया। उन्होंने अपनी राइफल की गर्म बैरल को छुआ और सहलाया, दरअसल आज उनकी इसी राइफल ने बहुत कुछ बचा लिया था। सच तो यह था कि से सीआरपीएफ की जन्मस्थली पर किसी जवान द्वारा प्राप्त प्रशिक्षण आज एक ऐसी सबसे बड़ी चुनौती की कसौटी पर खरा उतरा था, जो शायद ही कभी किसी सीआरपीएफ जवान के सामने आई हो। संसद-भवन की सुरक्षा पर मँडरा रहे इस अभूतपूर्व खतरे के सामने सीआरपीएफ ने जीत हासिल की थी और अपने आत्मविश्वास को डगमगाए बिना कर्तव्य पर पूरी तरह अडिग रहते हुए देशसेवा करने की संतोष के पिता की सिखलाई आज उनके बहुत काम आई थी।

आतंकी खतरे के सामने असाधारण वीरता और शौर्य का प्रदर्शन करने के लिए संतोष को 'शौर्य चक्र' से सम्मानित किया गया। उन्हें ये पदक राष्ट्रपति भवन के अशोक-सभागार में आयोजित एक भव्य सैन्य अलंकरण समारोह में प्रदान किया गया। संतोष को मीडियाजनों और देशवासियों से अपार स्नेह व सम्मान मिला। और फिर कई वर्षों बाद एक बार संतोष अपनी पत्नी सिंधु और पुत्री सौम्या के साथ संसद-भवन पहुँचे तथा उन्होंने बड़े ही गर्व से वह दास्ताँ बयाँ करते हुए संसद-भवन के उन भव्य प्रवेश द्वारों को निहारा, जिनकी पवित्रता आज भी बरकरार थी। आज सीआरपीएफ को उन पर बेहद नाज है, क्योंकि उन्होंने अपने जीवन में सीआरपीएफ के आदर्श-वाक्य 'सेवा और निष्ठा' को चरितार्थ कर दिखाया है।

□

यावद्बद्धो मरुद देहे यावच्चित्तं निराकुलम्।
यावद्दृष्टिभ्रुवोर्मध्ये तावत्कालभयं कुतः॥

जब तक शरीर में साँस है, जब तक चित्त शांत है,
और जब तक ध्यान दोनों भौंहों के बीच केंद्रित है,
तब तक मृत्यु का कोई भय नहीं है।

अटल संकल्प की अनूठी मिसाल
सुखविंदर सिंह

सन् 2001 के दिसंबर माह की वह 13 तारीख थी। सीआरपीएफ की 23वीं बटालियन के सुखविंदर सिंह संसद-भवन के गेट नं. 1 पर स्थापित अपने संतरी-मोर्चे की ओर बढ़ रहे थे। उस समय संसद-सत्र चल रहा था और सुखविंदर जानते थे कि यह बड़ा ही महत्त्वपूर्ण समय था। वे सन् 1992 से सीआरपीएफ की 23वीं बटालियन में पदस्थ थे। इस बटालियन से इतने लंबे समय तक जुड़ाव के कारण वे अपने लगभग सभी सहकर्मियों को अच्छी तरह से पहचानते थे। उनके कमांडर हवलदार वाइ.बी. थापा ने 15 दिनों पहले ही उनकी यूनिट में आमद दी थी। संसद-भवन का परिसर बहुत ही विशाल है और यह इलाका काफी व्यस्त रहता है, खास तौर तब जब संसद-सत्र चल रहा हो।

उस रोज सुखविंदर सुबह 11:00 बजे से 2:00 घंटों के लिए ड्यूटी पर तैनात रहनेवाले थे। वे निर्धारित समय से पहले ही संतरी-मोर्चे पर पहुँचकर अपना स्थान लेने की मंशा रखते थे। उन्होंने फुरती से अपनी बुलेटप्रूफ जैकेट पहनी और अपनी एस.एल.आर. उठाकर चल दिए। जैसे-जैसे उनके कदम मोर्चे की ओर बढ़ रहे थे, वे ये महसूस कर रहे थे कि उनका बर्ताव

अनुशासित होता जा रहा था। सुखविंदर जब दस वर्ष के थे, तब उनके पिता ने सेना से स्वैच्छिक सेवानिवृत्ति ले ली थी और वे पंजाब के गुरदासपुर जिले में स्थित अपने गृहनगर घोटपोखर में अपने परिवार के पास लौट आए थे। उनके पिता ने अपने बच्चों के मन में शुरू से ही अनुशासन के बीज बोए थे। किशोरावस्था में सुखविंदर की माँ चल बसी थीं। सुखविंदर ने स्थानीय सरकारी सीनियर सेकेंडरी स्कूल में मन लगाकर पढ़ाई की थी।

घोटपोखर गुरदासपुर के निकट स्थित एक छोटा सा नगर है। वही गुरदासपुर, जो ब्यास और रावी नदी के बीच के उपजाऊ क्षेत्र में स्थित है। इस शहर का इतिहास इसके भूगोल से काफी हद तक मेल खाता है। 17वीं शताब्दी की शुरुआत में महंत गुरियाजी ने इस नगर को बसाया था और भारत की आजादी के समय यह नगर भीषण आक्रोश से भरा हुआ था। दरअसल, 14 और 15 अगस्त 1947 की दरमियानी रात 12 बजते ही जब भारत को आजाद घोषित कर दिया गया था, उस समय भी गुरदासपुर अपने अस्तित्व को लेकर शंकास्पद स्थिति में था। ये वह समय था, जब भारत की सांप्रदायिक बुनावट तार-तार हो गई थी और गुरदासपुर में तो हालात बद से बदतर थे। अभी दो देशों के बीच सीमाओं का निर्धारण बाकी था, इसलिए गुरदासपुर के लोग यह नहीं समझ पा रहे थे कि वे आजादी का जश्न मनाएँ कि नहीं। इस इलाके में मुस्लिम आबादी बहुत ज्यादा थी, लेकिन यदि रावी नदी को ही प्राकृतिक रूप से दोनों देश के बीच की सीमा रेखा मान लिया जाता तो यह जिला पूरी तरह से भारत-भूमि का हिस्सा होता। ऐसे में 17 अगस्त की सुबह सीमा-रेखा की सही स्थिति का समाचार मिला, जो दो पड़ोसी देशों के बीच पक्की दीवार खड़ी कर देनेवाला फैसला था। इस प्रकार रेडक्लिफ अवार्ड के मुताबिक शकरगढ़ पाकिस्तान में चला गया और बाकी बचा गुरदासपुर भारत में रह गया। बँटवारे के बाद हजारों लोगों का इधर-उधर पलायन हुआ। यह बँटवारा गुरदासपुर के लोगों के मन-मस्तिष्क पर गहरे घाव छोड़ गया था। करतारपुर स्थित गुरदासपुर दरबार साहिब, जहाँ प्रसिद्ध गुरुद्वारा है और जहाँ गुरुनानक देव ने अपने जीवन के अंतिम दिन बिताए थे, इस फैसले के

बाद पाकिस्तान में चला गया। इसके बाद मचे उत्पात के बीच वहाँ के लोग आनेवाले कई सालों तक इस उहापोह से उबर नहीं पाए और उन्हें यह समझ नहीं आया कि आखिर इन हालातों से कैसे निपटा जाए। अब तक गुरदासपुर भारत के भाग्य के लिए एक ऐसा अहम बिंदु बन चुका था, जहाँ से आनेवाले सालों में भारत के भावी इतिहास को नया आकार मिलना था।

ये दो नए पड़ोसी देश बहुत जल्द ही बर्फीले पहाड़ों पर अपने-अपने कब्जे को लेकर एक घातक द्वंद्व-युद्ध में उलझकर रह गए। कश्मीर के भाग्य का फैसला अब तक साफ नहीं था और इस कारण पाकिस्तान ने अक्टूबर 1947 में कबायलियों के कश्मीर पर हमले का समर्थन किया था। तब भारतीय सेना ने अपने सैनिक, हथियार व उपकरण आदि गुरदासपुर होकर कश्मीर जानेवाले एक मात्र जमीनी रास्ते से भेजते हुए इस संकट का मुकाबला किया था। इस तरह न चाहते हुए भी इस शहर के लोग इस विवाद में शामिल हो गए थे। इस संघर्ष की अमिट छाप यहाँ के लोगों के मन-मस्तिष्क पर रह जाना लाजमी था और यहाँ की लोक-कथाओं तथा यहाँ की घटनाओं पर बनी कई कहानियों में इस संघर्ष की झलक अब भी साफ दिखाई देती है।

इस शहर के लिए '80 का दशक भी बेहद कलहकारी रहा था। उस समय पंजाब में उग्रवाद अपने चरम पर था। अपनी भौगोलिक स्थिति के कारण गुरदासपुर इस समस्या से और भी ज्यादा ग्रसित था। इस क्षेत्र में रहनेवाले सच्चे देशभक्त लोगों ने तब बड़ी संख्या में सशस्त्र बलों में भर्ती होना शुरू कर दिया था। सुखविंदर के बड़े भाई सेना में भर्ती हो गए थे। जब सीआरपीएफ ने गुरदासपुर पुलिस लाइंस में एक खुला भर्ती अभियान चलाया, तो सुखविंदर स्वाभाविक रूप से इस भर्ती में चले आए। कुछ ही दिनों बाद वे सीआरपीएफ में भर्ती होने के फलस्वरूप पिंजौर स्थित ग्रुप केंद्र के लिए रवाना हो गए। फिर यहाँ से वे वर्दी और प्रशिक्षण का साजो-सामान लेकर गुवाहाटी के लिए रवाना हुए, जहाँ सीआरपीएफ की 105वीं बटालियन का गठन होना था। एक साल बाद उनका तबादला 23वीं बटालियन में कर दिया गया। इसके बाद वे कई जगह तैनात और पदस्थ रहकर देश की सुरक्षा में अपनी सेवाएँ समर्पित

करते रहे। सन् 2001 तक उन्हें इसी बटालियन में तैनात रहते काफी लंबा समय हो गया था। वे अनुशासित थे तथा उनका अपनी बटालियन से विशेष लगाव था, इसीलिए भी वे अपनी बटालियन के अधिकांश लोगों को जानते थे। ऐसा ही कुछ सोचते-सोचते सुखविंदर मोर्चे की ओर बढ़ रहे थे कि तभी आसपास की आवाजों ने उनका ध्यान अपनी ओर खींच लिया। दरअसल ये बटालियन अब उनके लिए दूसरे घर के समान ही हो गई थी। संतरी-मोर्चे पर पहुँचते ही सुखविंदर ने वहाँ मौजूद सहकर्मियों का सिर हिलाकर अभिवादन किया था। हवलदार वाइ.बी. थापा भी वहाँ पहले से ही मौजूद थे।

इस दौरान पहला आधा घंटा तो बहुत ही जल्द गुजर गया। संसद-भवन का वह एक व्यस्तम दिन था और गेट नं. 1 से कई गाड़ियाँ सनसनाती हुई गुजरती जा रही थीं। यही वह जगह थी, जहाँ सुखविंदर तैनात थे। वह लगभग 11:40 का वक्त था, जब उन्होंने एक बेहद उत्तेजित महिला सिपाही को अपनी ओर भागकर आते हुए देखा था। किसी गड़बड़ी की आशंका में सुखविंदर पूरी तरह सतर्क हो गए थे। तभी अचानक गोलियों की आवाज सुनाई देने लगी और फिर एक तेज धमाके की आवाज भी सुनाई दी। प्रतिक्रिया में सुखविंदर ने अपनी एस.एल.आर. तान ली और खतरे का जवाब देने को पूरी तरह तत्पर हो गए। इसके बाद वे एक बड़े पेड़ के पीछे मोर्चा लेने के लिए घूमकर चल दिए, जहाँ वे ज्यादा सुरक्षित रह सकते थे।

यकीनन तभी एक आंतकी मँडराता हुआ सीधे उनकी आँखों के सामने आ गया। उन्होंने देखा कि वह आतंकी भारतीय संसद के मुख्य भवन को जानेवाली सीढ़ियों की ओर बढ़ते हुए अंधाधुंध गोलियाँ बरसा रहा है। जब उस आतंकी की गोलियाँ उनके कानों के पास से सनसनाती हुए गुजरने लगीं तो उन्होंने भी जवाबी गोलीबारी शुरू कर दी। तभी अचानक उस आतंकी का शरीर हवा में उछल गया और फिर बहुत से छोटे-छोटे टुकड़ों में बिखर गया। ऐसा लगा, जैसे उस आतंकी ने अपने शरीर पर विस्फोटक बाँध रखे थे, जिनसे हुए विस्फोट में उस आतंकी के चीथड़े उड़ गए। इस तरह इस हमले को पूरी तरह से विफल कर दिया गया था।

इसके बाद जब सुखविंदर ने अपनी राइफल नीचे झुकाई और उस जगह से हटने का प्रयास किया तो उन्हें पेट में बहुत तेज दर्द का अहसास हुआ। उन्होंने जमीन की तरफ देखा तो पाया कि उनके पेट से बहे खून से पूरी जमीन लाल हो गई थी और उनके आसपास खून-ही-खून था। उन्हें यकीन नहीं हुआ और उन्होंने अपने साथी हवलदार थापा की तरफ देखा, जो अपना घुटना पकड़कर बैठे थे और बहुत सी पीड़ा से गुजर रहे थे। फिर तो सुखविंदर को समझते देर न लगी कि वे दोनों जख्मी हो गए हैं और उन्हें तुरंत चिकित्सा सहायता की जरूरत है। बरबस ही उन्हें अपनी प्राथमिक-चिकित्सा कक्षाओं की याद आ गई, जहाँ उन्हें यह सिखाया गया था कि ऐसी परिस्थितियों में एड्रेनालाइन हार्मोन का तेजी से स्राव होने के कारण जख्म के शुरुआती क्षणों में दर्द का ज्यादा अहसास नहीं होता।

चारों ओर वायरलैस सेटों की आवाजें गूँज रही थीं। उन दोनों ने यह खबर वायरलैस सेटों पर प्रसारित कर दी थी। तब तक वहाँ अतिरिक्त टुकड़ियाँ भी पहुँच गई थीं और उन्होंने मोर्चे जमा लिये थे। एक-दूसरे को थामे सुखविंदर और थापा जख्मी हालत में बैरक की ओर बढ़ रहे थे। अपने सहयोगियों की बाँहों में गिरने से पहले दोनों ने कुछ दूरी तय भी कर ली थी, फिर उनके साथियों ने उन्हें सँभाल लिया और वे उन्हें लेकर तेजी से राम मनोहर लोहिया अस्पताल की तरफ रवाना हो गए।

एंबुलेंस दिल्ली की सड़कों पर अपना रास्ता बनाते हुए तेजी आगे बढ़ रही थी। इस समय तक सुखविंदर अपना संतुलन खोते-खोते बेहोश हो चुके थे। सच कहें तो एक बार उन्होंने जब यह देख लिया था कि आतंकियों को मौत के घाट उतार दिया गया है और सभी राजनेता सुरक्षित हैं, बस तभी से सुखविंदर ने अपनी आँखें मूँद ली थीं। अपनी दो वर्ष की छोटी बेटी के बारे में सोचकर उन्होंने खुद को यह भरोसा भी दिलाया था कि वे जरूर वापस लौटेंगे। अस्पताल पहुँचते ही उनका ऑपरेशन किया गया, जो सफल रहा और उनके शरीर से गोलियाँ निकाल दी गईं। बाद में उन्हें पता चला कि उस दिन उनकी बुलेट-प्रूफ जैकेट ने उनके प्राण बचा लिये थे। उनके शरीर के

प्रमुख अंगों को कोई भी नुकसान नहीं पहुँचा था। अगले दो दिनों तक वे गहन चिकित्सा इकाई (आई.सी.यू.) में भर्ती रहे, लेकिन इस दौरान अपने बच्चों को, खास तौर पर चार बरस के बेटे को खूब याद करते रहे। तीन दिनो बाद जब डॉक्टर ने कहा कि उनकी हालत अब खतरे से बाहर है, तब सबने राहत की साँस ली। इस बीच सुखविंदर के भाई उन्हें उनके पराक्रम और बहादुरी की दास्तानें सुनाकर उनका मनोबल बढ़ाते रहे।

लगभग पंद्रह दिन बाद जब सुखविंदर की अस्पताल से छुट्टी हुई तो उन्होंने सबके सामने एक ऐसी इच्छा प्रकट कर दी, जिसे सुनकर सब लोग अचंभित रह गए। दरअसल उन्होंने कहा था कि वे एक बार फिर संसद-भवन को जी भरकर देखना चाहते हैं। उन्हें इस वक्त एक बेहद खास दिन याद आ रहा था, जब उन्होंने संसद-भवन की उस भव्य इमारत को देखकर बहुत ही गौरवान्वित महसूस किया था। वह संसद-भवन, जिसमें लाखों भारतवासियों की आशाएँ और अरमान पला करते थे। संतोष मानते हैं कि इस संसद-भवन की इमारत के ईंट-गारे में हरेक भारतीय की भावनाओं और अहसासों का सत्त्व मिला हुआ है। इसी संसद-भवन के रक्षक के रूप में सुखविंदर ने आज अपना संकल्प निभाया था और उस देश के अस्तित्व में अपना अटूट विश्वास दिखालाया था, जिसे उनके पूर्वज बरसों पहले अपनी मातृ-भूमि स्वीकार कर चुके थे।

सुखविंदर को असल खतरे के सामने अडिग साहस और बहादुरी का प्रदर्शन करने के लिए 'शौर्य पदक' से सम्मानित किया गया। आज वे अपने गृहनगर में अनेक युवाओं के लिए एक अनुकरणीय मिसाल हैं। आजकल जम्मू के नजदीक ग्रुप केंद्र हीरानगर में पदस्थ सुखविंदर अपनी बहादुरी के प्रति बहुत ही सहज लगते हैं और बड़ी ही सहजता से अपने कंधे हिलाते हुए कहते हैं कि उनकी जगह सीआरपीएफ का कोई भी सदस्य होता तो वही करता, जो उन्होंने किया था।

□

शक्तिः दुर्दम्येच्छाशक्त्या आगच्छति।

शक्ति की प्राप्ति केवल दृढ़ इच्छा-शक्ति से होती है।

दृढ़ निश्चय के प्रतीक
श्यामबीर सिंह

वह एक सर्दियों की सुबह थी, जब श्यामबीर सिंह संसद-भवन के गेट नं. 5 पर स्थित संतरी-मोर्चे की ओर बढ़ रहे थे। दिल्ली में कड़ाके की सर्दी पड़ती है। आज का दिन भी कुछ ऐसा ही ठंडा था। सूरज की गुनगुनी धूप बहुत अच्छी लग रही थी। आज संसद-सत्र चल रहा था, इसीलिए यह एक व्यस्तम दिन था। श्यामबीर सीआरपीएफ के स्पेशल ड्यूटी ग्रुप (एस.डी.जी.) के एक सदस्य थे। दरअसल, एस.डी.जी. सीआरपीएफ की एक विशेष शाखा है, जो मूल रूप से प्रधानमंत्री आवास पर सुरक्षा के लिए तैनात रहती है। उस दिन चूँकि संसद-सत्र होना था और इसके लिए प्रधानमंत्री संसद-भवन में आनेवाले थे, अत: एस.डी.जी. की एक छोटी सी टुकड़ी संसद-भवन में उपस्थित थी। प्रधानमंत्री की कारों के काफिले के प्रवेश के लिए पहले से ही गेट नं. 5 निर्धारित किया गया था।

उस समय सुबह के लगभग 11:00 बजे थे और श्यामबीर चहलकदमी करते हुए अपनी ड्यूटी के लिए गेट नं. 5 पर आ चुके थे। वे पिछले दो दिनों से लगातार ड्यूटी पर तैनात रहे थे। इस तरह आज का दिन उनके लिए विश्राम का दिन होना चाहिए था। लेकिन अधिकारियों ने उन्हें विश्वास दिलाया था

कि अगले दिन उन्हें एक दिन का अवकाश दे दिया जाएगा। तब श्यामबीर के मन में एक दिन आराम करने की ललक जाग उठी थी। उन्होंने इस महीने के आखिरी दिनों में छुट्टी पर जाने का मन बनाया था और वे अपनी सबसे छोटी बेटी के लिए कुछ उपहार खरीदना चाहते थे। अपनी छोटी बेटी को याद करके वे एक बार फिर से मुसकरा दिए थे।

उत्तर प्रदेश के मथुरा से लगभग 40 किलोमीटर दूर एक छोटा सा गाँव है—नागरिया, जहाँ उस समय 100 से भी कम परिवार निवास करते थे। उनके गाँव के लोगों का एक बहुत ही सुगठित समुदाय था, जो एक विशाल परिवार के रूप में रहा करता था। श्यामबीर के पिता एक किसान थे। उन्होंने ही श्यामबीर को सिखाया था कि कठिन परिश्रम ही जीवन की कुंजी है। उनके पिता के बड़े भाई, यानी ताऊ सीआरपीएफ में सेवारत थे और उस समय श्रीनगर में पदस्थ थे। उन्होंने कई बार श्यामबीर से सीआरपीएफ में भर्ती होने के लिए कहा था, लेकिन श्यामबीर के पिता उन्हें इसकी इजाजत नहीं देते थे। उनके पिता यह जानते थी सीआरपीए.फ में नौकरी करना आसान नहीं है और वे यह कदापि नहीं चाहते थे कि उनका इकलौता बेटा उनसे दूर रहे। जब श्यामबीर की बहन अपने पति के साथ लंदन चली गई, तो उनके पिता श्यामबीर को लेकर और भी ज्यादा अधिकार जताने लगे। फिर एक दिन श्यामबीर ने पूरे घर के विरोध का सामना करते हुए सीआरपीएफ में भर्ती होने का निर्णय ले ही लिया। पिंजौर में आयोजित एक खुले भर्ती अभियान में श्यामबीर सीआरपीएफ में चयनित हो गए। जब श्यामबीर के सीआरपीएफ प्रशिक्षण केंद्र पल्लीपुरम में जाने का वक्त आया तो परिवारवालों ने अपना विरोध और तेज कर दिया। लेकिन अपनी पत्नी के मूक-समर्थन के दम पर श्यामबीर ने सीआरपीएफ में सेवा आरंभ कर दी। पल्लीपुरम उनके लिए एक अजीब सा स्थान था।

श्यामबीर ने अब तक जिस तर्ज पर जीवन जिया था, पल्लीपुरम का जन-जीवन उससे बिल्कुल अलग था। यहाँ का मौसम, खानपान, माहौल, संस्कृति, भाषा आदि कुछ भी तो उनके गृहनगर जैसा नहीं था। श्यामबीर यहाँ

अपने घर, परिवार और दोस्तों को खूब याद किया करते थे। इस समस्या से उबरने के लिए उन्होंने अपने इलाके के लोगों से दोस्ती करने की कोशिश आरंभ कर दी। अब चूँकि उस स्थान पर उनके अपने इलाके से कोई नहीं था, इसलिए उन्होंने झुँझुनू एवं राजस्थान के अन्य इलाकों से आए लोगों से पहचान बढ़ाना शुरू कर दिया। हालाँकि उन लोगों से मिलकर भी श्यामबीर का जी नहीं भरता था, लेकिन फिर भी उनका काम चल रहा था। इसके बाद जैसे ही प्रशिक्षण शुरू हुआ, दिन कब गुजर गए, पता ही नहीं चला। श्यामबीर ने यहीं आकर सीखा कि जब लोग एक साथ मिलकर एक समूह में जुड़कर काम करना शुरू कर देते हैं तो उनके बीच मजबूत रिश्ते कायम हो जाते हैं और फिर भाषा या क्षेत्र का कोई फर्क मायने नहीं रखता।

दीक्षांत परेड के बाद सबसे पहले उन्हें सीआरपीएफ की 86वीं बटालियन में पदस्थ किया गया था। इस बीच पदस्थापना और तैनाती के दौरान उन्होंने नागालैंड तथा श्रीनगर में अपनी सेवाएँ दी थीं। इस देश की विविधता उन्हें हमेशा आश्चर्यचकित करती थी। श्यामबीर को सीआरपीएफ पर बहुत गर्व होता था, क्योंकि यहाँ हर धर्म और संस्कृति को एक समान आदर व सम्मान दिया जाता है। फिर जब सीआरपीएफ के स्पेशल ड्यूटी ग्रुप (एस.डी.जी.) में पदस्थापना के लिए नामांकन माँगे गए तो श्यामबीर सिंह ने तत्परता से अपना नामांकन पेश कर दिया। उन्होंने बड़ी आसानी से इस हेतु आयोजित विशेष परीक्षा और मनोवैज्ञानिक मूल्यांकन प्रकिया को पार कर लिया; तत्पश्चात् उन्हें तीन महीने के गहन प्रशिक्षण पर भेज दिया गया।

इस तरह श्यामबीर सन् 1996 से एस.डी.जी. में अपनी सेवाएँ दे रहे थे और संसद-भवन व आसपास के इलाके से बखूबी वाकिफ थे। श्यामबीर उस दिन खेले जा रहे भारत-पाकिस्तान क्रिकेट मैच के बारे में सोचते हुए अपने मोर्चे की दिशा में आगे बढ़ रहे थे और अफसोस भी कर रहे थे कि वे आज का मैच नहीं देख पाएँगे। उस दिन संसद-सत्र समय पर आरंभ हो गया था और फिर जल्द ही स्थगित भी हो गया था। कई राजनेता वहाँ से जा चुके थे। श्यामबीर अपने मोर्चे पर पूरी तरह से मुस्तैद खड़े थे, क्योंकि

गेट नं. 5 गण्यमान्य व्यक्तियों की निकासी के लिए उपयोग किया जाता था। तभी सन्नाटे को चीरती हुई पटाखों की सी आवाजें सुनाई देने लगीं। यह बहुत अजीब सी बात थी। श्यामबीर अब भी इन आवाजों का कारण समझ नहीं पा रहे थे, फिर भी उन्होंने किसी भी संभावित खतरे का मुकाबला करने के लिए खुद को तैयार कर लिया था।

वहाँ कोई बड़ा धमाका हुआ था। वायरलैस सेटों का शोर भी थम नहीं रहा था। अब उनके मन का संदेह सच में बदलता नजर आने लगा था। जो उन्होंने कभी सोचा भी नहीं था, आज वहीं सब उनकी आँखों के सामने घटित हो रहा था। भारतीय लोकतंत्र के सर्वोच्च गढ़ संसद-भवन पर आतंकियों ने हमला बोल दिया था। तभी अचानक उनकी नजरों के सामने एक आंतकी मँडराने लगा। वह आतंकी अपनी पीठ पर एक भारी बैग लादे हुए था और अंधाधुंध गोलियाँ बरसा रहा था। श्यामबीर को पता था कि उन्हें क्या करना चाहिए। बड़े ही इत्मिनान से श्यामबीर अपनी राइफल के सेफ्टी कवच को हटाते हुए उसे तैयार हालात में लेकर आ गए। इस बीच उन्होंने अपने मोर्चे की ओर बढ़ते हुए आतंकवादी पर से पलभर के लिए भी नजर नहीं हटाई थी। फिर जैसे ही उस आतंकी ने गेट नं. 5 के अहाते से सटी इमारत में कदम रखा, श्यामबीर ने एक खंभे की आड़ लेकर उस पर गोलियाँ बरसना शुरू कर दिया। फिर क्या था, श्यामबीर तब तक गोलियाँ बरसाते रहे, जब तक वह आतंकी ढेर नहीं हो गया।

एक घंटे बाद गोलीबारी बंद हो गई। सुरक्षा बलों की अतिरिक्त टुकड़ियाँ भी समय से पहले पहुँच चुकी थीं। फिर भी यह लाजमी था कि मैदान साफ होने का यकीन कर लिया जाए। अत: सबकुछ ठीक होने का संकेत देने से पूर्व विशेष सुरक्षा दस्तों ने उस क्षेत्र की सघन जाँच व मुआयना किया। श्यामबीर को बाद में ज्ञात हुआ कि इससे पहले कि वे पाँच आतंकी संसद-भवन के द्वारों के भीतर प्रवेश कर पाते, उन्हें मार गिराया गया था। खून की इस होली में उनके कई साथी जख्मी हो गए थे, जबकि कई साथियों ने कर्तव्य की बलिवेदी पर अपने प्राणों की आहुति दे दी थी। हालाँकि यह बहुत बड़े

संतोष की बात थी कि उस दिन सीआरपीएफ ने संसद-भवन और संसद-सदस्यों पर कोई आँच न आने दी थी।

श्यामबीर को उनके असाधारण साहस और बहादुरी के लिए ढेरों प्रशंसा मिली। मीडियाजनों ने उन्हें घेर लिया और राजनेताओं ने सीआरपीएफ की मुक्तकंठ से तारीफ की, जिसके जाँबाँजों ने उस दिन संसद-भवन की सुरक्षा में कोई कसर नहीं छोड़ी थी। इसके बाद श्यामबीर सिंह को बिना बारी पदोन्नति प्रदान की गई। अंतत: श्यामबीर सिंह सबसे पहले अपने परिवार से मिलना चाहते थे। उनके गाँव में टेलीफोन से संपर्क के साधन उतने पुख्ता नहीं थे और उनके घर में टेलीफोन भी उपलब्ध नहीं था। उनके गाँव के इकलौते टेलीफोन मालिक ने उन पर उपकार किया और उनके पिता को बात करने के लिए बुलवा लिया। श्यामबीर अपने पिता की टेलीफोन के तारों के माध्यम से आ रही थरथराती आवाज में गर्व और संतोष का अनुभव कर रहे थे। भावनाओं से भरे स्वर में उनके पिता ने अपने उस बेटे को ढेरों आशीष दिए, जिसे वे खूब चाहते थे और इसी कारण से उसे अपने ही घर में छिपाकर रखना चाहते थे। आज उनके उसी बेटे ने भारतीय लोकतंत्र की लाज रख ली थी।

असल खतरे के सामने असाधारण वीरता और शौर्य का प्रदर्शन करने के लिए श्यामबीर सिंह को 'शौर्य चक्र' से सम्मानित किया गया। राष्ट्रपति भवन के अशोक सभागार में आयोजित भव्य अलंकरण समारोह में श्यामबीर सिंह अपने पिता और बड़े पुत्र के साथ पहुँचे थे। उस दिन उनकी तीन पीढ़ियों ने पूरे सम्मान के साथ जमीन पर अपने हाथ टिका दिए थे। फिर जब वे संसद-भवन की भव्यता को निहार रहे थे, तब उन्होंने एक बार फिर इसकी रक्षा का प्रण लिया था।

□

स्वस्मै स्वल्पं समाजाय सर्वस्वं।

स्वयं के लिए कुछ और समाज के लिए कुछ।

एक अजेय योद्धा
वेजोतो तिनी

सीआरपीएफ के युवा नागा अधिकारी वेजोतो तिनी जैसे ही राष्ट्रपति भवन के अशोक सभागार में अपने स्थान पर बैठे, उन्होंने चारों ओर नजर घुमाकर उस सभागार के वैभव को निहारा। वहाँ की भव्य और मनमोहक साज-सज्जा को देखकर उनके मन में अचरज के साथ सम्मान के भाव उत्पन्न हो रहे थे। उन्हें लगा, जैसे सैन्य सम्मान समारोह के लिए इस सभागार को खास तौर पर सुसज्जित किया गया था। सीआरपीएफ के सहायक कमांडेंट वेजोतो तिनी आज यहाँ 'शौर्य चक्र' से अलंकृत किए जाने हेतु आमंत्रित थे।

उस समय अशोक सभागार में गहरी शांति व्याप्त थी। और फिर राष्ट्रपति डॉ. ए.पी.जे. अब्दुल कलाम का आगमन होते ही राष्ट्रगान शुरू हुआ। इसके साथ ही एक भव्य सैन्य सम्मान समारोह आरंभ हो चुका था। वेजोतो तिनी सजगता से बैठे कई जाँबाजों की बहादुरी और साहस की सच्ची कहानियाँ सुन रहे थे। तभी उन्होंने बड़े ही स्पष्ट स्वर में अपना नाम सुना—वेजोतो तिनी, सहायक कमांडेंट, सीआरपीएफ, शौर्य चक्र। वे बड़ी ही चुस्ती से मार्च करते हुए निर्धारित स्थान तक पहुँचे। उस समय उनके द्वारा 5 जुलाई, 2005 को एक घटना में प्रदर्शित बहादुरी का वृत्तांत सुनाया जा रहा था। तदोपरांत वे

मार्च करते हुए सशस्त्र सेनाओं के सर्वोच्च सेनापति अर्थात् भारत के महामहिम राष्ट्रपति के समक्ष उपस्थित हुए। राष्ट्रपतिजी ने इस युवा अधिकारी को शौर्य चक्र से अलंकृत किया। समूचा सभागार तालियों से गूँज उठा था। इसके बाद विजोतो मार्च करते हुए अपने स्थान पर जा बैठे।

आकृति में शौर्य चक्र गोलाकार और कांस्य से निर्मित होता है। इसका व्यास 1.38 इंच होता है तथा इसके दोनों ओर किनारी बनी होती है। इस पदक के अग्र भाग पर केंद्र में अशोक चक्र की प्रतिकृति उत्कीर्ण होती है, जो कमल की पुष्पमाला से घिरी होती है। किनारों पर अंदर की तरफ कमल की पत्तियाँ, फूल और कलियाँ बनी होती हैं। इसके पार्श्व भाग पर हिंदी और अंग्रेजी दोनों भाषाओं में शौर्य चक्र उत्कीर्ण होता है, जो कमल के दो फूलों द्वारा पृथक् होता है।

अपनी कुरसी पर वापस बैठने के बाद विजोतो को वह घटनाक्रम याद आ रहा था, जिसकी वजह से आज वे इस भव्य अशोक सभागार में उपस्थित थे। एक युवा अधिकारी के रूप में उन्होंने सन् 2005 में सीआरपीएफ की 33वीं बटालियन में अपनी सेवा आरंभ की थी। इस बटालियन का मुख्यालय उत्तर प्रदेश के चहल-पहल भरे फैजाबाद शहर में स्थित था। बटालियन की एक कंपनी अयोध्या की विवादित रामजन्म भूमि के तनावग्रस्त क्षेत्र में तैनात थी। एक जागरूक और ईमानदार युवा अधिकारी तिनई ने इस शहर के बारे में सारी जानकारियाँ हासिल कर ली थीं और इससे जुड़े इतिहास के पन्ने भी पलटकर देख लिये थे।

अयोध्या, जिसे साकेत नगरी के नाम से भी जाना जाता है, उत्तर प्रदेश के फैजाबाद से सटा एक छोटा सा शहर है। यह भारत का एक प्राचीन नगर है। ऐसा विश्वास है कि यह नगर भगवान् राम की जन्मस्थली है, जो अतीत में कोशल राज्य की राजधानी हुआ करता था। आज यह हिंदुओं के सात सबसे महत्त्वपूर्ण तीर्थों यानी सप्तपुरी में से एक है। संस्कृत शब्द 'युद्ध' का अर्थ होता है 'लड़ाई' अथवा 'लड़ाई करना'। और इसी शब्द से बने शब्द 'अयोध्या' का अर्थ होता है 'वो जिससे युद्ध न किया जा सके' अथवा 'वह जिसे जीता न जा

सके'। अथर्ववेद में इस नगर को 'ईश्वर की अजेय नगरी' भी बताया गया है। वस्तुत: अयोध्या जन-आस्थाओं से जुड़ी एक पौराणिक नगरी है, जिसमें आठ चक्र और नौ प्रवेश द्वार हैं। आदिपुराण की मानें तो यह नगर अपने नाम नहीं बल्कि अपनी विशेषताओं के कारण अस्तित्व में रहा है। इस पुराण में यह भी उल्लेख मिलता है कि अयोध्या को इसकी भव्य इमारतों के कारण ही साकेत भी कहा जाता था, क्योंकि इन इमारतों पर भुजाओं की भाँति पताकाएँ लहराते हुए आमंत्रण का संकेत देती थीं। जबकि 'सत्योपाख्यानम्' नामक संस्कृत ग्रंथ में कुछ और ही उल्लेख मिलता है। इस ग्रंथ के अनुसार 'अयोध्या' का अर्थ है 'वह नगरी, जिसे पाप के रास्ते से न जीता जा सके'। किंवदंती है कि इस नगर की स्थापना मनु ने की थी, जो मानवता के जनक थे, फिर उन्होंने शासन करने के लिए इसे अपने पुत्र इक्ष्वाकु को सौंप दिया था।

आज विजोतो को भगवान् राम की वह कथा याद आ रही थी, जो उन्होंने कई बार सुनी थी। वाल्मीकी रचित 'रामायण' महाकाव्य भगवान् राम के जीवन और उनके कालक्रम पर आधारित है, जो कोशल राज्य की राजधानी आयोध्या के माने जाते हैं। इस कथा में यह विस्तार से बताया गया है कि अयोध्या के राजा दशरथ के चार पुत्र थे। उनके सबसे बड़े पुत्र राम को 14 वर्षों के लिए वनवास भेज दिया गया था। राम अपनी पत्नी सीता और छोटे भाई लक्ष्मण के साथ वन में रहा करते थे। इसी बीच राक्षसराज रावण ने सीता का अपहरण कर लिया था और वह उन्हें अपने साथ लंका ले गया था। फिर राम और रावण के बीच भीषण युद्ध हुआ, जिसमें रावण मारा गया। वनवास से लौटने के बाद राम अयोध्या के राजा बने। उन्होंने एक आदर्श साम्राज्य यानी 'रामराज्य' की स्थापना की। आज रामायण और उसके पात्रों का उल्लेख अनेक लोक-कथाओं और साहित्य आदि में मिलता है और उन पर आधारित अनेक पर्व भी मनाए जाते हैं। हिंदुओं का सबसे बड़ा पर्व 'दीवाली' इसी उपलक्ष्य में मनाया जाता है कि इस दिन 14 वर्षों के वनवास की समाप्ति हुई, जिसमें चारों ओर रोशनी ही रोशनी दिखाई देती है। जब विजोतो ने अयोध्या को देखने का मन बनाया था, जिसके बारे में कई

लोक-कथाओं और पौराणिक साहित्य में उल्लेख था, तो उन्हें ये ज्ञात हुआ था कि कथा एवं साहित्य की बातों में बहुत सारे विरोधाभास थे। अलग-अलग संस्कृति और जगहों पर इस बारे में अलग-अलग तरीकों से लिखा हुआ था। इस दौरान ये तथ्य भी सामने आए थे कि थाईलैंड के 'अयूथया' और इंडोनेशिया के 'योग्याकार्ता' शहरों का नामकरण भी अयोध्या के नाम पर ही हुआ था। फिर वे इस बात से वाकिफ हुए कि फैजाबाद शहर जैन धर्मावलंबियों के लिए भी एक पवित्र नगरी है, जिनका विश्वास है कि उनके पाँच तीर्थंकरों का जन्म यहीं पर हुआ है।

अयोध्या में सीआरपीएफ की तैनाती दरअसल रामजन्म भूमि-बाबरी मस्जिद विवाद के कारण ही हुई थी। यह मुद्दा बड़ा ही संवेदनशील था, क्योंकि इससे सांप्रदायिक अशांति फैल सकती थी। विजोतो को प्रशिक्षण के दौरान यह बखूबी समझाया गया था कि ऐसे मौकों पर जन-भावनाएँ किस प्रकार भड़क सकती हैं।

जब विजोतो ने इस छोटे से शहर अयोध्या का भ्रमण किया तो उन्होंने देखा कि अयोध्या एक धूल-भरा साधारण सा शहर था, जिसमें कई रास्ते और तंग गलियाँ थीं, जिन्हें घेरे हुए कई मंदिर और मठ थे और कहीं-न-कहीं इन सबका संबंध रामायण की कथा से जुड़ा हुआ था। उन्हें इस शहर के बारे में और भी कई दिलचस्प बातें मालूम हुईं, जैसे—यहाँ बना 'हनुमानगढ़ी' मंदिर या 'हनुमानजी का गढ़' एक चतुर्मुखी मंदिर है, जिसके चारों कोनों पर वृत्ताकार बुर्ज बने हैं। यह मंदिर अयोध्या का सबसे लोकप्रिय मंदिर है। हनुमानगढ़ी वास्तव में एक गुफा मंदिर है, जो एक ऊँचे टीले पर स्थित है तथा जहाँ तक पहुँचने के लिए छिहत्तर सीढ़ियाँ चढ़नी होती हैं। कहा जाता है कि हनुमानजी इस ऊँचे टीले से अयोध्या पर निगरानी रखते थे। विजोतो के अधिकारियों ने उन्हें बताया था कि इस स्थान से हजारों लोगों की श्रद्धा जुड़ी हुई है। फिर भी यह विशेष ध्यान देनेवाली बात है कि यह एक ऐसा संवेदनशील स्थान था, जहाँ कभी भी जन-भवनाएँ भड़क सकती थी। अयोध्या की विवादास्पद भूमि का मामला उस समय न्यायालय में विचाराधीन था और

उस स्थान की सुरक्षा के लिए तैनात अधिकारी होने के नाते विजोतो को अपने कर्तव्य-निर्वहन में उच्चकोटि की निष्पक्षता बरतनी थी। उनका कर्तव्य था कि वहाँ हर समय कानून-व्यवस्था कायम रहे। दरअसल, अयोध्या में इन्हीं हालातों के बीच विजोतो ने वहाँ तैनात कंपनी का कार्यभार ग्रहण किया था। विवादित भूमि एक अतिसंवेदनशील इलाका था और इसके महत्त्व को कभी भी नजरअंदाज नहीं किया जा सकता था।

विजोतो को 7 जुलाई, 2005 का वह दिन याद आ रहा था, जो शुरुआत में किसी आम दिन की तरह ही था। रामजन्म भूमि पर दर्शन की प्रक्रिया राज्य-पुलिस और सीआरपीएफ की कड़ी निगरानी के बीच शुरू हो चुकी थी। हर दिन की तरह आज भी भक्तों की भारी भीड़ शांतिपूर्ण ढंग से अपनी बारी की प्रतीक्षा कर रही थी। सीआरपीएफ की 33वीं बटालियन की 'डी' कंपनी के कंपनी कमांडर विजोतो उस समय उस परिसर के भीतर एक निर्जन स्थान पर मौजूद थे। तभी उन्होंने तेज धमाके और उसके बाद गोलीबारी की आवाजें सुनीं। उस समय सुबह के सवा नौ बजे थे। विजोतो समझ गए थे कि बाहर जरूर अफरा-तफरी मच गई होगी। ये आवाजें सुनकर एक पल के लिए तो वे सन्न रह गए, लेकिन फिर यकायक प्रशिक्षणों में हासिल निपुणता ने उन्हें सजग व सचेत कर दिया।

धमाके की आवाज की दिशा में बढ़ते हुए उन्होंने तेजी से सभी सुरक्षा घेरों, संतरी-मोर्चों तथा सुरक्षा कर्मियों के साथ अपनी स्थिति का मुआयना किया। विजोतो अच्छी तरह जानते थे कि सीआरपीएफ किसी भी खतरे का सामना करने के लिए पूरी तरह से तैयार थी, लेकिन एक कमांडर होने के नाते अपने मातहतों को मार्गदर्शन व नेतृत्व प्रदान करना उनका अहम कर्तव्य था। इसके बाद तेज गोलीबारी और ग्रेनेड हमलों के बीच वे रेंगते हुए एक सुरक्षित स्थान पर जा पहुँचे। उन्होंने चिल्ला-चिल्लाकर उग्र भीड़ को निर्देश दिए कि वे सब लोग नीचे लेट जाएँ, क्योंकि ऐसे में वे लोग गोलियों का शिकार हो सकते थे। विजोतो ने यह बात पलक झपकते ही समझ ली थी कि अब तक बाहरी सुरक्षा घेरा टूट चुका था और आतंकी सीता-रसोई के रास्ते रेड-जोन में

घुसने का प्रयास कर रहे थे। इसके बाद वे रेंगते हुए 1 नं. मोर्चे पर जा पहुँचे, जहाँ तीन सिपाही राम प्रसाद, राजेश कुमार और जसविंदर सिंह मौजूद थे। फिर गोलियों की बौछार की दिशा पर गौर करते हुए उन्होंने जल्द ही यह जान लिया कि दो आतंकी राम जन्मभूमि परिसर में घुसने की फिराक में है, जबकि तीसरा आतंकी उन्हें कवर-फायर दे रहा है। किंतु आतंकियों की यह कोशिश सीआरपीएफ के जवानों द्वारा नाकामयाब कर दी गई, क्योंकि वे पहले ही रणनीतिक दृष्टि से एक बेहतर स्थान पर तैनात थे। इस दौरान विजोतो 2 नं. मोर्चे पर पहुँच चुके थे। उस मोर्चे पर आतंकी अंधाधुंध गोलियाँ बरसा रहे थे और वहाँ तैनात जवान उन्हें अपनी बंदूकों से मुँहतोड़ जवाब दे रहे थे। उस जगह अभी विजोतो और निरीक्षक नंदकिशोर आगे की रणनीति बना ही रहे थे कि कहीं से एक गोली आकर निरीक्षक नंदकिशोर को जा लगी। उनके शरीर से खून बह निकला और फिर पलभर में वे जमीन पर जा गिरे, विजोतो ने बिना वक्त गँवाए खून रोकने के लिए उनके घाव पर पट्टी बाँधी और आतंकियों के आक्रमण का जवाब देने उन पर गोलियाँ बरसाना शुरू कर दीं। ऐसे में जब दोनों तरफ से गोलीबारी तेज हुई तो एक और जवान बुरी तरह जख्मी हो गया। एक तरफ आतंकियों की गोलियाँ बरस रही थीं और दूसरी तरफ विजोतो घायलों को सुरक्षित स्थान पर पहुँचाने की बेहद खतरनाक कोशिश में लगे थे। घायलों को वहाँ से बाहर निकालने में सफल होने के बाद विजोतो ने आतंकियों के हमले को विफल करने के प्रयास और तेज कर दिए। वायरलेस उपकरण शोर मचा रहे थे, क्योंकि उन पर तेज आवाजों में निर्देश जारी किए जा रहे थे। तभी सुरक्षा बलों की मददगार टुकड़ियाँ भी वहाँ आ पहुँची थीं। इस बीच फिर से एक निर्जन क्षेत्र में आकर विजोतो ने गौर किया कि 2 नं. मोर्चे पर गोलीबारी करनेवाले आतंकियों का सफाया करने के बाद भी 2-ए नं. के मोर्चे पर गोलीबारी की आवाजें सुनी जा रही थीं।

इस बारे में आगे कुछ भी सोचे बिना विजोतो एक खुले मैदान में लंबी दूरी तक रेंगते हुए उस मोर्चे की ओर बढ़ने का प्रयत्न करने लगे, जहाँ उनके जवान जवाबी गोलीबारी में लगे थे और अपने कमांडर के मार्गदर्शन और आदेश की

प्रतीक्षा कर रहे थे। विजोतो समझ चुके थे कि यह एक जोखिम भरा अभियान है, जिसमें हर तरफ खतरा ही खतरा है। उनके आसपास से गोलियाँ सनसनाती हुई गुजर रही थीं और उन पर ग्रनेड से हमले भी हो रहे थे, लेकिन उन्होंने पूरी बहादुरी से धीरे-धीरे उस मोर्चे की तरफ रेंगना जारी रखा। वहीं उनके साथी उन्हें कवर-फायर देने का प्रयास करते रहे। अंततः, विजोतो मोर्चा नं. 2-ए तक पहुँचने में सफल रहे। जब उन जवानों ने देखा कि उनका कमांडर खुद वहाँ आ पहुँचा है तो फिर उन जवानों ने जोश में आकर अपनी पूरी सूझबूझ के साथ जवाबी हमले तेज कर दिए और आतंकियों पर काबू पाने के लिए खुद को उस गोलीबारी मे झोंक दिया। जल्द ही गोलीबारी थम गई, क्योंकि पाँचों आतंकियों को मार गिराया गया था; इस तरह उस पावन-धरा की पवित्रता को बचा लिया गया था।

सीआरपीएफ के अधिकारी और जवानों की कर्तव्यपरायणता, दिमागी सजगता और असल आतंकी खतरे के सामने अदम्य साहस की यह एक अनूठी मिसाल थी, जिन्होंने उस दिन वहाँ अपनी मुस्तैदी से सबकुछ बचा लिया था। बाद में यह खुलासा हुआ कि वे लश्कर-ए-तोएबा के आतंकी थे और नेपाल के रास्ते भारत आए थे। वे पाँच आतंकी एक जीप में सवार होकर आए थे और विवादित भूमि परिसर का पहला सुरक्षा घेरा तोड़ने में कामयाब रहे थे। इसके बाद हथगोले फेंकते हुए और अंधाधुंध गोलीबारी करते हुए उन्होंने इस परिसर का आंतरिक सुरक्षा घेरा भेदने की भरपूर कोशिश की थी, लेकिन उनकी इस नापाक कोशिश को सीआरपीएफ ने नाकामयाब कर दिया था। इस बीच एक आम नागरिक, जो विस्फोट की चपेट में आने कारण मौके पर ही मारा गया था।

ये विजोतो की सूझ-बूझ और असल आतंकी खतरे के सामने उनकी बहादुरी का ही नतीजा था कि पाँचों आतंकियों को मार गिराया गया था। इस बीच किसी भी धर्मावलंबी को क्षति नहीं पहुँची थी और सीआरपीएफ के वीर जवानों ने यह ठान लिया था कि किसी भी तरह आतंरिक सुरक्षा का घेरा टूटने न पाए। इस प्रकार वास्तव में देश को एक भीषण सांप्रदायिक संकट से बचाया जा सका था।

आज के दिन विजोतो की स्मृति में कई सजीव यादें उभरकर आ रही थीं, जिनके बारे में सोचते हुए उन्होंने अपने छोटे भाई की तरफ देखा, जो एक पादरी थे और इस सम्मान समारोह में उनके साथ आए हुए थे। फिर वे चुपचाप उस सफर के खयालों में खो गए, जो उन्हें नागालैंड के पहाड़ी इलाके से उठाकर आज यहाँ तक ले आया था। विजोतो का जन्म नागालैंड के फेक जिले में स्थित पफुतसेरो अंचल के अंतर्गत एक सुदूर ग्राम किकरीमा में रहनेवाले एक किसान परिवार में हुआ था। वे अपने परिवार के छह बच्चों में से चौथी संतान थे। बचपन में लगातार संघर्षों का सामना करने के बावजूद आज भी उनके मन में अपने खुशहाल बचपन की मीठी यादें ताजा थीं। वह एक छोटा सा गाँव था, जहाँ 1,500 से भी कम परिवार निवास करते थे, जो अलग-अलग कुटुंबों में बँटे हुए थे। उनके पिता श्री एच. तिनई चौथी कक्षा तक पढ़े थे और उनकी माता निरक्षर थीं। लेकिन वे दोनों अपने बच्चों को स्कूल भेजकर अच्छी शिक्षा देने का पक्का इरादा रखते थे। इस तरह उन्होंने अपने सभी बच्चों को पढ़ाई के लिए गाँव के स्कूल में भेजा, जहाँ विजोतो ने कक्षा 3 तक पढ़ाई की। सन् 1984 में इस परिवार ने दीमापुर में जा बसने का अहम फैसला ले लिया, जो नागालैंड की आर्थिक गतिविधियों का केंद्र था। बस यहीं से उन सबका जीवन हमेशा के लिए बदल गया। दीमापुर के क्रिश्चन इंग्लिश स्कूल में पढ़ते हुए विजोतो ने उस सुदूर गाँव की सीमाओं से बाहर की दुनिया के जनजीवन के बारे में जाना था, जिसे देखकर वे बहुत आश्चर्यचकित थे। वह हर दिन कुछ-न-कुछ नया देख रहे थे और इस सब उनका मन नहीं भर रहा था। किस दिन स्कूल में क्या हुआ, बस यही सब अपने माता-पिता को बताते-बताते अकसर उनकी शामें गुजर जाया करती थीं।

ऐसी ही एक शाम थी, जब वे इस नए माहौल के अनुभवों के बारे में बात कर रहे थे, तो उनके मुँह से निकल गया कि कहीं ऐसा न हो, हम यहाँ आकर अपने किकिरीमा गाँव को ही भूल जाएँ! उनकी इस बेढ़ंगी सी बात पर उनके पिता के चेहरे पर जो भाव उभरे थे, विजोतो उन्हें कभी भूल नहीं पाए। उनके पिता को विजोतो की इस बात से दुःख पहुँचा था और वे वहाँ से उठकर चले

गए थे। उस रात उनके पिता ने सभी भाई-बहनों को एक साथ बुलवा लिया था और फिर उनसे कहा था कि उनके हिसाब से अब वह वक्त आ चुका है, जब उन लोगों को अपनी जड़ों से जुड़े रहने के मुद्दे पर विचार करना चाहिए। इसके बाद उनके माता-पिता ने अपनी समृद्ध विरासत तथा किकिरीमा की लड़ाई से जुड़ी कई दिलचस्प कहानियाँ उन लोगों को सुनाई थीं।

सन् 1824 से 1826 के दौरान लड़ी गईं अलग-अलग लड़ाइयों के परिणामस्वरूप अंग्रेजों ने असम और मणिपुर पर कब्जा जमा लिया था। उस समय नागा पहाड़ियों को दुर्गम क्षेत्र माना जाता था। यह इलाका निर्जन, ऊबड़-खाबड़ जमीनवाला, खड़े ढलानोंवाला और घने जंगलोंवाला इलाका था, जो बाकी दुनिया से एकदम अलग-थलग पड़ जाता था। तिस पर नागाओं को अत्यधिक उग्र और स्वच्छंद जनजाति के रूप में जाना जाता था, जिन्हें अपनी आजादी बहुत प्यारी थी। दरअसल, चाय के बागानों का लालच अंग्रेजों को यहाँ तक खींच लाया था। उनके द्वारा चाय की खेती के लिए जमीन के लंबे-चौड़े हिस्सों पर कब्जा जमा लिया गया था। इसका नतीजा यह हुआ था कि नागाओं ने उन पर धावा बोलना और चाय उगानेवालों को मारना शुरू कर दिया था। इस पर औपनिवेशिक अधिकारियों ने भी नागाओं पर पलटवार करने की ठानी और सन् 1832 में पहली बार 700 सैनिकों और 800 कुलियों को साथ लेकर नागाओं पर चढ़ाई कर दी गई। इस आक्रमण को अंगामी-नागाओं का उग्र विद्रोह झेलना पड़ा, जिन्होंने उस हमले को नाकाम करने के लिए चट्टानें लुढ़काईं और भालों का भी इस्तेमाल किया। तब ब्रिटिश सरकार ने मेजर बटलर के नेतृत्व में उनसे बातचीत की कोशिश की गई, ताकि उन्हें किसी तरह वश में लाया जा सके, लेकिन दंभी नागाओं ने ब्रिटिश सरकार की एक न सुनी। इसके बाद दोनों पक्षों के बीच भीषण लड़ाई और खून-खराबे का सिलसिला शुरू हो गया। हालाँकि ब्रिटिश सरकार के हथियारों के आगे नागाओं को कभी जीत का मौका नहीं मिल सका। अंग्रेजों ने नागाओं के विद्रोही गाँवों को लूट लिया, उनके अन्न-भंडारों को आग के हवाले कर दिया और उनकी बेशकीमती वस्तुएँ छीन ले गए। इसके बावजूद भी नागा नहीं माने और लड़ते रहे। उस समय खोनोमा

एक ऐसा गाँव था, जिसने अंग्रेजों का पुरजोर विरोध किया था। कई कोशिशों में नाकामयाब होने के बाद अंग्रेजी ने अतिरिक्त फोर्स तथा बेहतर हथियार मँगवा लिये थे, ताकि वे इस गाँव पर आक्रमण कर सकें। परिणामस्वरूप एक बहुत ही खतरनाक मुठभेड़ हुई और उस गाँव पर तब तक गोला-बारूद बरसता रहा, जब तक नागा लड़ाकों ने ये नहीं मान लिया कि शक्तिशाली हथियारों के आगे उनके भाले किसी काम के नहीं थे और फिर वे लोग पहाड़ियों की तरफ भाग निकले। खोनामा का विद्रोह शांत हो गया था और इसके बाद मेजर बटलर रिटायर होकर मैदानी इलाकों की ओर लौट गए थे। उन्होंने लिखा था—'मैं तब तक हिंसात्मक कार्रवाई की सलाह नहीं देता, जब तक हमसे विद्रोह नहीं किया जाता। हमने अपने दुश्मन को उसी की जमीन पर जाकर खदेड़ा है। मगर सवाल यह भी उठता है कि क्या यह लाजमी नहीं है कि नागाओं के आंतरिक मामलों में और दखल न दिया जाए।'

इस दलील के बाद ब्रिटिश सैनिकों ने अपने मुख्यालय के आदेशों की प्रतीक्षा की। 5 फरवरी, 1851 को किकिरीमा से दो दूत कैप्टन रीड से मिलने पहुँचे। कौतूहल से भरे कैप्टन रीड उनसे मिले और उस समय भौंचक्के रह गए, जब उन दूतों उन्हें एक चमचमाता भाला भेंट किया और उनसे कहा कि किकिरीमा गाँव ब्रिटिश सरकार को खुली चुनौती देता है। वाकई कैप्टन रीड उस दिन हक्के-बक्के रह गए थे, क्योंकि उनके सामने केवल दो आदमी आकर जंगल के बीचो-बीच उनके शाही साम्राज्य को ललकार कर चल दिए थे। कैप्टन रीड से बात करते हुए इन दूतों ने उन्हें आमंत्रित किया था और कहा था, 'वे आएँ और सिद्ध करें कि इन पहाड़ों में कौन सबसे ज्यादा शक्तिशाली है—किकिरीमा के लोग या उनकी सरकार'? इन दूतों ने यह भी कहा था कि 'इंफाल घाटी के मणिपुरी लोग उनसे टकराने से घबराते थे और अब ब्रिटिश हुकूमत के लोग भी उनसे भयभीत नजर आ रहे थे'। दूतों ने कैप्टन रीड से कहा, 'आपके सिपाही और हम सब हाड़-मांस के ही बने हैं। हम लोग अपने भालों व ढाल के साथ लड़ेंगे। अब देखते हैं कि इनमें से कौन ज्यादा ताकतवर है'।

तब कैप्टन रीड के पास अपनी सरकार का नाम व इज्जत बचाने के लिए

उस चुनौती को स्वीकार करने के अलावा कोई और विकल्प नहीं बचा था। वह जानता था कि उस गाँव में करीब 1000 परिवार रहते थे और नागा लड़ाके पक्के इरादे वाले, साहसी और बहुत ही उग्र थे। आखिरकार अंग्रेजों ने अपनी वही पुरानी 'फूट डालो और राज करो' की नीति अपनाई तथा 800 हितैषी नागाओं को किकिरीमा के विरुद्ध लड़ाई में शामिल कर लिया। किकिरीमा के लोगों का अनुमान था कि वे लोग अत्यधिक सुरक्षित दक्षिण दिशा से उनके गाँव तक पहुँचेंगे, लेकिन दुश्मन ने उन पर बेहद असुरक्षित इलाके यानी उत्तर दिशा से हमला बोलने का मन बनाया था।

विजोतो के पिता जब ये कहानी सुना रहे थे तो उनके बच्चे एक-एक शब्द पर ध्यान लगाए मंत्रमुग्ध से बैठे थे और फिर यह देखकर वे आगे की कहानी कहने लगे। यह वो कहानी थी, जो उस गाँव के हर परिवार के मुखिया ने अपने बच्चों को सुनाई थी। आखिरकार यह उनकी विरासत और अतीत से जुड़ी हुई कहानी थी। यह फरवरी का महीना था, जब किकिरीमा में 'सुकरूनई' नामक वार्षिक उत्सव मनाया जाता था और आनेवाली फसलों के लिए तैयारियाँ भी जोर-शोर से चल रही थीं। उन नागाओं ने इसके लिए बहुत मेहनत करके पहाड़ों को काटा और साफ किया था। वहाँ के ढलान एकदम खड़े थे और उन पर धान के खेत बनाना कोई आसान काम नहीं था। चाखेसंग जनजाति द्वारा विकसित वर्षा-जल-संचयन (रेन-वॉटर-हार्वेस्टिंग) की एक बेहद खास पद्धति 'रीजा' बहुत ही कामयाब सिद्ध हुई थी और वहाँ के नागा परिवार इसे अपनाने को तैयार थे। वे लोग गाँव के धर्माचार्य, जिन्हें 'थीवो-ओ' कहा जाता था, के द्वारा उस शुभ दिन की घोषणा का बेताबी से इंतजार कर रहे थे, जब वे अपनी फसलों का पहला बीज रोपनेवाले थे।

11 फरवरी, 1851 को ब्रिटिश सैनिकों ने तड़के ही उस गाँव पर चढ़ाई शुरू कर दी थी। जल्द ही उस गाँव पर राइफलों से गोलियाँ बरसाई जाने लगीं। आमने-सामने की मुठभेड़ में किकिरीमा के लोगों को हराना मुश्किल था। फिर भी उनके भाले और ढाल गोलियों की बौछार से बचने में ज्यादा मददगार सिद्ध नहीं हो रहे थे। तब तक पहली और दूसरी असम लाइट

इन्फेंटरी ने उन नागाओं में से अधिकांश को मार डाला था या जख्मी कर दिया था। आतंक के इस माहौल में भारी अफरा-तफरी मची हुई थी। अंग्रेजों के हितैषी नागाओं ने अन्न-भंडारों को आग के हवाले करते हुए पूरे गाँव में तबाही मचा दी थी। विजोतो के पिता की आवाज में उस समय बहुत दर्द था, जब वे बरसों पहले हुए उस नरसंहार में मारे गए अपने पूर्वजों के नाम ले रहे थे। युवा विजोतो जब अंग्रेजों की गोलियों से छलनी होकर गिरते उन निडर नागा योद्धाओं के बारे में सोच रहे थे तो उनकी तसवीरें उनके मस्तिष्क में उभर रही थीं। इस बीच उनके पिता ने वह कहानी जारी रखी थी। उन्होंने आगे बताया कि जब वह दिन ढला तो उस धधकते गाँव में धुएँ के बीच केवल छह मकान बाकी रह गए थे। जब अंग्रेजी सैनिक लौट गए तो उन लोगों को गाँव के पश्चिमी प्रवेश द्वार के पास कुछ बुजुर्ग, बच्चे और महिलाएँ मिले। वहाँ भीषण नरसंहार हुआ था। ब्रिटिश सरकार के पुरालेखों में इस घटना के बारे लिखा गया, 'सबसे ज्यादा खून-खराबेवाली लड़ाइयों में से एक असम की लड़ाई के बाद, इसी तरीके से किकिरीमा को भी जीत लिया गया।'

आज राष्ट्रपति भवन में बैठे हुए विजोतो अपने पूर्वजों की मदद तो नहीं कर सकते थे, लेकिन उन्हें गर्व से याद जरूर कर सकते थे, जिन्होंने 160 से भी ज्यादा वर्षों पहले अपने साहस और पक्के इरादों के साथ ब्रिटिश साम्राज्य को चुनौती दे डाली थी। हालाँकि यह लड़ाई उन्हें बहुत महँगी पड़ी थी, लेकिन वास्तव में उनका यह बर्ताव कड़े प्रतिरोध और अदम्य साहस की अनूठी मिसाल था। यह एक छोटे से गाँव की बहादुरी की सच्ची दास्तान थी, जिसमें गाँववालों ने शक्तिशाली ब्रिटिश साम्राज्य को ललकारा था। यह वो घटना थी, जो आज भी उनके समुदाय के लोगों के बीच लोकप्रिय थी। विजोतो के पिता चाहते थे कि उनकी संतानें अपने अतीत को जानें और कभी भी अपनी जड़ों को न भूलें। विजोतो ने अपने भाई की ओर देखा और समझ गए कि उनके भाई के जहन में भी इस समय यही सब चल रहा होगा। विजोतो को अब यकीनन अहसास होने लगा कि उनके पिता आज उन्हें स्वर्ग से निहार रहे होंगे और ढेरों आशीर्वाद दे रहे होंगे।

वे एक बार फिर दीमापुर के खयालों में खो गए और वहाँ से यहाँ तक के सफर के बारे में सोचने लगे। फिर उन्हें वह दिन याद आया, जब वे दीमापुर के पटकई क्रिसचन कॉलेज से ग्रैजुएट हुए थे। अब दिल्ली उन्हें बुला रही थी। विजोतो जानते थे कि उनके परिवार की आर्थिक स्थिति उन्हें आगे बहुत कुछ नहीं करने देगी। इसलिए वे एक दूर के रिश्तेदार के भरोसे अपने ही जैसी हैसियत के दो अन्य मित्रों के साथ दिल्ली रवाना हो गए। लेकिन इससे उनका काम नहीं बन सका, क्योंकि उन्होंने अस्थायी प्रमाण-पत्र के आधार पर दिल्ली यूनिवर्सिटी में दाखिले का आवेदन ही नहीं किया था, जिस कारण उन्हें किसी भी कॉलेज में दाखिला नहीं मिल सका। इसके बाद उनका एक साल यों ही बरबाद हो गया। अब चूँकि नागालैंड वापस लौटना भी संभव नहीं था, इसलिए उन्होंने राजनीति शास्त्र से पोस्ट-ग्रैजुएशन करने के साथ अन्य प्रतियोगी परीक्षाओं की तैयारी करने का निर्णय लिया। कुछ समय बाद उनमें से एक दोस्त ने सेना में सेवा आरंभ कर दी, दूसरा व्याख्याता की नौकरी पाने नागालैंड लौट गया और तीसरा राज्य सिविल सेवा की परीक्षा में चयनित हो गया। श्री ई. इगाओ, जो सीआरपीएफ के पहले नागा अधिकारी थे, उनसे एक बार विजोतो ने सी.पी.ओ. परीक्षा के बारे में सुना था। अंततया विजोतो इस परीक्षा पर अपना ध्यान केंद्रित कर लिया और वे सन् 2000 में इस परीक्षा में सम्मिलित हुए। सन् 2001 में वे चयनित भी कर लिए गए और नवंबर 2001 में वे प्रशिक्षण हेतु सीआरपीएफ अकादमी पहुँच गए।

फिर शुरू हुआ दुष्कर प्रशिक्षण कार्यक्रमों का दौर। वहाँ पूरे दिन प्रशिक्षण गतिविधियाँ चलती थीं और दिमाग नए विषयों के अध्ययन की चुनौतियाँ झेल रहा था। सफलतम रूप से प्रशिक्षण पूर्ण करने के बाद पहली बार उन्हें फैजाबाद में तैनात किया गया, जो उत्तर प्रदेश का एक छोटा सा शहर है, किंतु सारे देश की निगाहें इस पर लगी रहती हैं। तकदीर युवा विजोतो को सुदूर नागा पर्वतों से उठाकर देश की हृदय स्थली में बसे इस छोटे से शहर तक ले आई थी। इतनी उम्र तक विजोतो ने यह कभी नहीं सोचा था कि वे एक दिन देशवासियों की श्रद्धा और विश्वास से जुड़े इस पवित्र स्थान की सुरक्षा में तैनात होंगे। यह बात

और थी कि उनकी रगों में दौड़ रहे बहादुर पूर्वजों के खून ने उन्हें इस कसौटी पर भी खरा उतरने और देश में अशांति फैलानेवालों को करारा जवाब देने के लिए बहुत हौसला दिया था।

लड़ाई के मैदान में बहादुरी का मतलब यह भी तो होता है कि हर क्षण पूरी सूझबूझ से काम लिया जाए। आखिर जीवन और मृत्यु के बीच जरा ही तो फासला होता है। बहादुरी इसमें भी है कि खतरे की जरा सी आहट हमें सक्रिय कर दे और हम अपनी सारी सिखलाई का इस्तेमाल कर सजगता व तत्परता से काम करें। यह बहादुरी ही तो है, जो कहती है कि देश के नागरिकों की हर खतरे से सुरक्षा की जाए। आज विजोतो एक अजेय योद्धा के रूप में बहुत से लोगों के लिए आदर्श हैं, जो बड़ी ही सहजता से कहते हैं, 'मैंने तो बस अपना कर्तव्य निभाया है।'

□

यथा ह्येकेन चक्रेण न रथस्य गतिर्भवेत्।
एवं परुषकारेण विना दैवं न सिद्ध्यति।।

जिस प्रकार एक पहिए से रथ नहीं चल सकता,
उसी प्रकार पुरुषार्थ के बिना भाग्य सिद्ध नहीं हो सकता।

विषमताओं के वीर
धर्मबीर सिंह

सीता-रसोई की ओर बढ़ते हुए धर्मबीर ने अपनी घड़ी पर निगाह डाली। उनकी तीखी नजरें उस संतरी पर पड़ीं जो अपनी भौंहों को पोंछ रहा था और शायद मन-ही-मन ये ठान चुका था कि दोपहर के वक्त पंखे की स्थिति बदली जानी चाहिए। धर्मबीर उस समय अयोध्या में राम जन्मभूमि-बाबरी मसजिद के संवेदनशील इलाके की सुरक्षा में तैनात सीआरपीएफ जवानों के कंपनी हवलदार मेजर थे। सी.एच.एम. (कंपनी हवलदार मेजर) होने के नाते न केवल ये सुनिश्चित करना उनका कर्तव्य था कि उनके संतरी सचेत व मुस्तैद हैं और अपनी ड्यूटी ठीक से कर रहे हैं, बल्कि उन्हें यह भी देखना था कि उन्हें ड्यूटी के समय किसी प्रकार की असुविधा न हो। रेत की बोरियों से बने उन संतरी मोर्चों के ऊपर टीन की छत होती थी, जिसे जुलाई महीने की धूप बुरी तरह तपा देती थी। वह सुबह और दोपहर के बीच का वक्त था और रोज की तरह भक्तजनों की भीड़ धीरे-धीरे गर्भ-गृह की ओर बढ़ रही थी।

अयोध्या नगरी देशभर के लोगों की आस्था का केंद्र रही है और उस समय देश के सुरक्षा परिदृश्य में उसका बहुत ही महत्त्वपूर्ण स्थान था। जब पहली बार धर्मबीर धूलभरे मंदिरों के इस नगर में आए थे तो उनके मन में

बचपन से बनी अयोध्या की ऐसी छवि विद्यमान थी, जिसमें इस नगर का प्राचीन कालीन वैभव साफ झलकता था। यही वह नगर था, जहाँ भगवान राम ने रामराज्य की स्थापना की थी। शाब्दिक रूप से अयोध्या का अर्थ था 'एक ऐसा नगर जहाँ युद्ध न हो'। और आज धर्मबीर रामायण महाकाव्य के इसी प्रसिद्ध नगर की सुरक्षा में सीआरपीएफ के साथ तैनात थे तथा उनके कदम अपनी ड्यूटी के स्थान की ओर बढ़ रहे थे।

हरियाणा के महेंद्रगढ़ जिले के सेहलांघ गाँव में पले-बढ़े धर्मबीर इसी गाँव के सरकारी मिडिल स्कूल में पढ़े थे। वह एक बहुत ही छोटा सा गाँव था, जिसमें हजार से भी कम परिवार निवास करते थे। उनके पिता एक किसान थे। वे पाँच भाई थे और उनकी दो बहनें तथा उनके परिवार ने जीविकोपार्जन के लिए बहुत संघर्ष किया था। जब बड़ी बहन का विवाह हुआ और वे राजस्थान के प्रतापपुर नामक स्थान पर चली गईं तो धर्मबीर भी उनके साथ राजस्थान आ गए। यहीं रहते-रहते खेलों के प्रति उनकी रुचि बढ़ने लगी और वह वॉलीबॉल के अच्छे खिलाड़ी बन गए। इसके साथ ही उनके लिए भविष्य की राह भी खुल गई। अब वे अपनी तंदरूस्ती और खानपान का भी विशेष ध्यान रखने लगे।

उनकी बहन का विवाह एक सुशील व सुयोग्य व्यक्ति से हुआ था। उनके परिवार के यह नए सदस्य सीआरपीएफ में सेवारत थे। धर्मबीर सीआरपीएफ के जाँबाजों की बहादुरी के किस्सों से बहुत प्रभावित थे। इस प्रकार जब उन्होंने यह सुना कि सीआरपीएफ द्वारा अवाड़ी, चेन्नई में एक खुली भर्ती रैली आयोजित की जा रही थी तो उन्होंने अपनी बहन से पैसे उधार लेकर इस भर्ती प्रक्रिया में भाग लिया। बहुत ही आसानी से उन्होंने इस भर्ती की परीक्षा पास कर ली और उन्हें 83 बटालियन सीआरपीएफ में हाजिर होने का निर्देश दिया गया, जो अगले दस दिनों में भुवनेश्वर में गठित की जानेवाली थी। वे इतने प्रफुल्लित थे कि उन्होंने यह भी नहीं सोचा कि ड्यूटी पर रिपोर्ट करने से पहले उनके पास महेंद्रगढ़ जाकर अपने परिवार से मिलने का वक्त भी नहीं था। अभी चार महीने पहले ही तो उनका विवाह हुआ था और अब वह अपनी

IN THE FACE OF
DANGER THE
HEROES
WILL RISE

पत्नी से अगले छह महीनों बाद ही मिल सकते थे, लेकिन उन्हें इस बार यह भी संतोष था कि प्रशिक्षण के मध्यावधि अवकाश में जब अपने परिवार से मिलेंगे तो वह वर्दी में होंगे।

उग्रवाद से निपटने के उनके पहले अनुभव का दिन भी जल्द ही आ गया। प्रशिक्षण के बाद उन्हें सबसे पहले मणिपुर के चूड़ाचाँदपुर में स्थित सीआरपीएफ की 55वीं बटालियन में तैनात किया गया। वहाँ के दुर्गम क्षेत्र, खराब मौसम, संचार साधनों की कमी और रिहाइश के बुरे हालातों ने उन्हें सही मायनों में एक सैनिक बना दिया और आनेवाले जीवन के लिए अच्छी तरह से तैयार कर दिया। जब पंजाब में आतंकवाद शुरू हुआ, तब उनकी बटालियन भटिंडा जा पहुँची। जवानों की वार्षिक अदला-बदली के फलस्वरूप धर्मबीर को दार्जलिंग के निकट कलिम्पोंग नामक स्थान पर भेज दिया गया, जहाँ उन्हें कुछ अलग किस्म के सुरक्षा खतरों का सामना करना था। उसके बाद के कुछ सालों में सेवा की अनिवार्यताएँ उन्हें पाकिस्तान की सीमा पर स्थित अबोहर नामक स्थान पर ले आईं और इसके बाद उन्हें कश्मीर घाटी में पदस्थ कर दिया गया। इस बीच उन्होंने नूनमाटी (गुवाहाटी, असम) और लालवास (जयपुर, राजस्थान) में भी अपनी सेवाएँ दी थीं। सन् 2003 में पदोन्नत होकर वे हवलदार बन गए थे और उन्हें 33वीं बटालियन, डोडा (जम्मू-कश्मीर) में तैनात किया गया था। कठिन व आतंकवाद से प्रभावित क्षेत्र में सेवा के बाद उनकी इस बटालियन को अपेक्षाकृत शांत क्षेत्र अयोध्या भेज दिया गया था।

अयोध्या को कई मायनों में 'आसान तैनाती (सॉफ्ट पोस्टिंग)' वाला स्थान माना जाता था। यह नगर भारत के हृदय स्थल पर स्थित था और यहाँ तक पहुँचना बहुत ही आसान था। सीआरपीएफ के अन्य स्थानों की अपेक्षा यहाँ खतरे का अंदेशा भी कम था और यहाँ प्राय: हथियारबंद मुठभेड़ की घटनाएँ नहीं हुआ करती थीं। यहाँ की जनता विद्रोही नहीं थी और सामान्य आवाजाही के लिए यहाँ सशस्त्र सुरक्षाकर्मियों के साथ की जरूरत नहीं थी। यहाँ निडर होकर बाजारों में घूमना और फौजियों व पुलिसकर्मियों द्वारा परिवार साथ रखना आम बात थी। सच तो यह है कि अगर यहाँ इस तरह की

संवेदनशीलता या खतरे मौजूद होते तो फोर्स के अधिकारी सुरक्षा मानदंडों में ढील देते हुए अपने जवानों को ऐसी सहूलियतों की इजाजत कभी नहीं दे पाते। फिर भी निर्देशों और नियमित अभ्यासों के माध्यम से हर समय यह सुनिश्चित किया जाता था कि ड्यूटी पर तैनात सभी सुरक्षाकर्मी सजग व सचेत रहें। कंपनी हवलदार मेजर के नाते बलबीर की जिम्मेदारी और भी बढ़ गई थी और उन्हें इस बात का बखूबी अहसास था। ये उन्हीं कि जिम्मेदारी थी कि कंपनी में कर्मियों की योग्यता के अनुसार उन्हें काम बाँटा जाए। इस आवश्यकता की पूर्ति के लिए यह बेहद जरूरी था कि वह कंपनी के हर जवान को जानें और उसकी खामियों व खूबियों की जानकारी भी रखें। यह भी जरूरी था कि वह हर जवान से भावनात्मक रूप से भी जुड़े रहें ताकि उन समस्याओं के बारे में भी जान सकें जिनका सामना उनके जवान नौकरी एवं पारिवारिक जिंदगी में कर रहे थे। सीआरपीएफ की एक कंपनी बहुत ही सुगठित बुनावट वाली होती है और कंपनी का सी.एच.एम. उसे सदैव एकजुट बनाए रखता है। वास्तव में कंपनी में सी.एच.एम. एक बहुत ही प्रतिष्ठावान ओहदेदार होता है, जिसके कुछ खास अधिकार और जिम्मेदारियाँ होती हैं। दरअसल सी.एच.एम. इतना महत्त्वपूर्ण ओहदेदार होता है कि कंपनी के हर कार्य में उसकी आवश्यकता महसूस की जाती है और इसीलिए अधिकारियों द्वारा सी.एच.एम. की नियुक्ति बहुत सावधानीपूर्वक की जाती है। धर्मबीर अपने कार्य के प्रति बहुत गंभीर थे। उन्होंने सीता-रसोई के मोर्चे पर खड़े संतरी को गौर से देखा और उसे मुस्तैदी से खड़ा देख उन्हें संतोष हुआ। इसके बाद उन्होंने एक बार भीड़ की चहलकदमी पर गौर किया और उन्हें वहाँ कुछ भी असामान्य नजर नहीं आया।

पिछले कुछ सालों से रामजन्मभूमि ने देशभर का ध्यान अपनी ओर खींच रखा था। भारत में यह मुद्‌दा राजनीतिक सरगर्मियों का केंद्र बना हुआ था और यह एक ऐसा संवेदनशील मुद्‌दा था, जिसके छिड़ जाने पर सांप्रदायिक अशांति फैलने की प्रबल संभावनाएँ बनी हुई थीं। 6 दिसंबर, 1999 की घटना के बाद एक कामचलाऊ ढाँचा खड़ा किया गया था। विवादित भूमि के 2.77 एकड़ क्षेत्रफल में हर तरफ सीआरपीएफ की तैनाती थी। अलग-अलग भागों

में विभाजित करते हुए इस जमीन के चारों ओर त्रि-स्तरीय सुरक्षा घेरा बनाया गया था। धर्मबीर की कंपनी सबसे भीतरी सुरक्षा घेरे में तैनात थी और इसके बावजूद भी वे यहाँ बार-बार सुरक्षा इंतजामों का मुआयना करते रहते थे। 7 जुलाई, 2005 को सुबह के 9 बजे थे। रामजन्मभूमि परिसर में भक्तों की भीड़ का जमावड़ा प्राय: 11 बजे तक रहता था, जब तेज धूप धूलभरे मैदानों को तपाने लगती थी।

अचानक शांतिपूर्ण माहौल को चीरती हुई तेज धमाके की एक आवाज सुनाई दी, जिसकी गूँज चारों ओर फैल गई थी। ऐसी आवाज का कारण कोई भी नहीं समझ पा रहा था। तभी वायरलैस सेटों पर एक के बाद एक संवाद सुनाई देने लगे। धर्मबीर ने तुरंत उस धमाके बारे में जानने की कोशिश शुरू कर दी। इससे पहले कि वह कुछ जान पाते, उन्हें साफ तौर पर उसी दिशा से गोलीबारी की आवाजें सुनाई देने लगीं। प्रशिक्षण के दौरान सीखे और प्राप्त अनुभवों ने उन्हें त्वरित कार्रवाई के लिए प्रेरित किया और उन्होंने अपनी हथियार का सेफ्टी कैच हटा दिया। अब वह अपने हथियार के साथ हर आतंकी खतरे का मुकाबला करने को तैयार खड़े थे।

वायरलैस सेटों पर अब निर्देश साफ सुनाई दे रहे थे। जो जानकारी मिली, उससे पता चला कि कुछ हथियारबंद आतंकियों ने विस्फोटक से भरी एक जीप टकराकर बाहरी मोर्चाबंदी को तोड़ दिया था। अब वे आतंकी इस परिसर के सबसे अंदरूनी हिस्से में घुसने की कोशिश कर रहे थे, जहाँ धर्मबीर की कंपनी तैनात थी। धर्मबीर ने बहुत ही इत्मीनान से पहले तो यह सुनिश्चित किया कि उनकी कंपनी एकदम तैयार हालात (स्टेंड-टू पोजिशन) में है। उन्होंने देखा कि आपातस्थिति के लिए तैयार योजना के मुताबिक सब कुछ व्यवस्थित हो चुका था। वह यह भी देख रहे थे कि उनके जवान आतंकियों की तलाश में चप्पे-चप्पे पर अपनी नजरें जमाए हुए थे। उस समय उन जांबाजों के दिलोदिमाग में वहाँ मौजूद श्रद्धालुओं की सुरक्षा सबसे महत्त्वपूर्ण थी।

मौके का फायदा उठाकर धर्मबीर रेंगते हुए उस मोर्चे की ओर बढ़ने लगे थे, जो सीता-रसोई पर रेत की बोरियों से बना एक संतरी मोर्चा था। यह

वो मोर्चा था, जहाँ सिपाही ओमप्रकाश पहले से ही बड़ी सूझबूझ और चतुराई के साथ डटे हुए थे और आतंकियों को देखते ही गोलियों से छलनी करने के लिए तैयार थे। मोर्चे तक पहुँचने से पहले धर्मबीर को लंबी दूरी तक रेंगते हुए जाना था और उनकी राह में आतंकियों के सीधे आक्रमण का खतरा मौजूद था। हालाँकि इस बीच धर्मबीर आतंकियों को गोलीबारी करते हुए साफ तौर पर देख पा रहे थे, लेकिन श्रद्धालुओं के प्राणों की रक्षा के लिए उन्होंने जवाब में एक भी गोली नहीं चलाई। जब वह रेत की बोरियों से बने उस मोर्चे पर पहुँच गए तो उन्होंने देखा कि इस मोर्चे से आतंकियों की गोलीबारी का मुँहतोड़ जवाब दिया गया था। तभी उस मोर्चे के पास एक ग्रेनेड हमला हुआ और मोर्चे का एक हिस्सा पूरी तरह से क्षतिग्रस्त हो गया। उन्होंने यह भी देखा कि उनके आसपास की जमीन लाल हो रही थी। घबराहट में उन्होंने अपने आसपास देखा और यह देखकर दंग रह गए कि वह उनका ही खून था, जो जमीन पर बह निकला था। सिपाही ओमप्रकाश ने अपने सी.एच.एम. के घावों को देखा और फिर दबे सुर में उनसे बात करके उनके घावों पर अपना रूमाल कस दिया। इसके बाद वे दोनों फिर अपने काम में लग गए। आखिर उनका काम ऐसे घावों से कहीं ज्यादा अहम था। आज देश का सांप्रदायिक सद्भाव दाँव पर लगा हुआ था और आज वे आतंकियों के नापाक इरादों और देश के बीच ढाल बनकर खड़े हुए थे। किसी भी कीमत पर इस हमले को नाकामयाब किया जाना था। आज सीआरपीएफ के बुलंद इरादों की परीक्षा का दिन था और आज उन्हें हर कसौटी पर खरा उतरना था। उन्होंने अपनी बंदूकों से आतंकियों पर जवाबी गोलीबारी शुरू कर दी ताकि उन्हें रास्ते में ही रोका जा सके।

तब तक उनके कंपनी कमांडर वेजोतो तिनी वहाँ पहुँच चुके थे। यह भी पता चल गया था कि उनकी मदद के लिए अतिरिक्त सुरक्षाबल वहाँ पहुँचने के लिए निकल चुके थे। इसके बाद दोनों ओर से भारी गोलीबारी हुई। जब ये गोलीबारी थमी तो धर्मबीर बहुत थके हुए से उठ खड़े हुए और उन्हें पता चला कि इस हादसे में सीआरपीएफ के दो जवान जख्मी हो गए थे, लेकिन

उन पाँचों आतंकियों को मार गिराया गया था। वो आतंकी रामजन्मभूमि की पवित्रता को जरा सा भी नुकसान नहीं पहुँचा सके थे। सी.एच.एम. होने के नाते वह अपनी कंपनी के जवानों से मिलकर इस घटना के बारे में विस्तार से जानना चाहते थे। उनके घाव अब बहुत दर्द करने लगे थे और उन पर बँधा रूमाल खून से लथपथ था। अधिकारियों ने उन्हें कहा कि पहले इलाज करवा लिया जाए, जिस पर न चाहते हुए भी वह वहाँ से चल पड़े। जब एंबुलेंस उन्हें लेकर अपने रास्ते पर तेजी से दौड़ रही थी तो उन्हें लगा जैसे उसका सायरन आज चीख-चीखकर बुराई पर अच्छाई की जीत का संदेश दे रहा हो। सही मायनों में 'बुराई पर अच्छाई की जीत' की यही तो वह अवधारणा थी जो उनकी माँ ने उन्हें सिखाई थी और आज सीआरपीएफ ने इसे चरितार्थ कर दिखाया था।

'शौर्य चक्र' विषमताओं के समक्ष प्रदर्शित ऐसी बहादुरी और शौर्य के लिए प्रदान किया जाता है, जिसमें जान जाने का खतरा हो। धर्मबीर को यह पदक उनकी उत्कृष्ट कर्तव्यपरायणता और आतंकी खतरे के सामने प्रदर्शित बहादुरी के लिए प्रदान किया गया। उन्होंने यह सम्मान राष्ट्रपति भवन में आयोजित एक भव्य समारोह में भारत के राष्ट्रपति डॉ. ए.पी.जे. अब्दुल कलाम के करकमलों से प्राप्त किया। जब वह मार्च करते हुए इस सम्मान को प्राप्त करने मंच पर उपस्थित हुए तो समूचा सभागार तालियों की गड़गड़ाहट से गूँज उठा था और कई वर्षों से उनकी जीवनसंगिनी रहीं उनकी पत्नी भीगी पलकों के साथ गर्व से उन्हें निहार रही थी। उनकी पत्नी ने अपने बच्चों को अकेले ही पाला था, क्योंकि धर्मबीर तो अकसर देशभर में एक तनावग्रस्त इलाके से दूसरे तनावग्रस्त इलाके तक भ्रमण करते रहे थे। उनकी पत्नी शायद यह तो नहीं जानती थीं कि जिन क्षेत्रों में धर्मबीर तैनात रहे हैं, वहाँ क्या-क्या जटिलताएँ रहीं होंगी, लेकिन आज इस क्षण उन्हें यह पक्का अहसास हो गया था कि धर्मबीर ने जो कुछ भी किया था, वह बेमिसाल और बेशकीमती था। इस भव्य सैन्य सम्मान समारोह के लिए उन्हें व्यक्तिगत रूप से आमंत्रित किया गया था और पूरे सम्मान के साथ अशोका होटल में ठहराया गया था।

उन्हें शाही अंदाज में खातिर-तवज्जो दी जा रही थी और घर लौटने के बाद वहाँ की हरेक छोटी-से-छोटी बात याद करते हुए उन्होंने अपनी सहेलियों से साझा की थी।

आज धर्मबीर के बच्चे बड़े हो चुके हैं और धर्मबीर इस समय दिल्ली में सेवारत हैं। वे जल्द ही सेवानिवृत्त होने की योजना बना रहे हैं और अपने गाँव लौट जाना चाहते हैं, जहाँ उनका परिवार उनकी वापसी की प्रतीक्षा कर रहा है। 7 जुलाई, 2005 का वो दिन उनके दिलोदिमाग पर अमिट छाप छोड़ गया है और रोजाना जब वे बड़े फख्र से अपनी वर्दी पहनते हैं तो यह शौर्य चक्र उनके सीने पर जगमगाता है।

□

उत्साहो बलवानार्य नास्त्युत्साहात्परं बलम्।
सोत्साहस्य च लोकेषु न किंचिदपि दुर्लभम्॥

उत्साह श्रेष्ठ पुरुषों का बल है, उत्साह से बढ़कर और कोई बल नहीं है।
उत्साहित व्यक्ति के लिए इस लोक में कुछ भी दुर्लभ नहीं है।

जंगल के योद्धा
आशीष कुमार तिवारी

वो जुलाई की एक उमस-भरी शाम थी। डूबते सूरज ने आकाश में नए रंग भर दिए थे। ऐसे में 202 कोबरा बटालियन के जवान अपने-अपने काम समेट रहे थे। वहीं कुछ अधिकारी और जवान मिलकर वॉलीबॉल का मैच खेल रहे थे। आम तौर पर फुरसत के पलों में अधिकारी और जवान एक साथ मिलकर खेला करते हैं और इस समय उनका जोश देखते ही बनता है। उप-कमांडेंट उदय दिव्यांशु इस कैंप के कमांडर थे और उन्हें कुछ क्षणों पहले ही किसी काम से बुला लिया गया था। दरअसल एक बहुत ही खास संदेश उनकी प्रतीक्षा कर रहा था। जब उदय अपने स्थान पर लौटे तो उन्हें इस बारे में विस्तृत जानकारी मिली।

कमांडो बटालियन फॉर रिसोल्यूट एक्शन यानी कोबरा (COBRA) सीआरपीएफ की विशेष तौर पर गठित बटालियनें हैं। इन बटालियनों का गठन सन् 2008 में किया गया था। कोबरा बटालियनों में जवानों को खास तौर पर चुनकर रखा जाता है और यहाँ आने से पहले उन्हें छापामार युद्ध या गोरिल्ला वारफेयर में निपुण होने के लिए बड़े ही कठिन प्रशिक्षण से गुजरना पड़ता है। तभी तो ये जवान सख्त कमांडो बनते हैं, जो दुर्गम इलाकों और घने जंगलों

के बीच भी दुश्मनों को शिकस्त देने में समर्थ होते हैं। अपने घरों से मीलों दूर ये कमांडो नक्सलियों का मुकाबला करते हैं, जो कई बरसों से एक जानलेवा लड़ाई पर आमदा हैं। उदय और उनके जवान 202 कोबरा बटालियन के सदस्य थे, जो पश्चिमी मिदनापुर में तैनात थी। कोबरा बटालियन का यह कैंप दो गाँवों आदिवासीपारा और काम्यापारा के समीप स्थित था।

उस दिन उदय को जो खुफिया जानकारी मिली थी, उसके मुताबिक नक्सली पास के गाँव में आए थे और फिर रात्रिभोज के बाद पूर्व दिशा में स्थित जंगलों की ओर निकल गए थे। वहाँ आसपास घने जंगल थे और इसीलिए ये अंदाजा लगाया गया कि नक्सली अभी ज्यादा दूर नहीं पहुँचे होंगे। अतः कोबरा की टीम ने नक्सलियों को जंगल में ही धर दबोचने के लिए एक अभियान चलाने का निर्णय लिया। 25 जुलाई, 2010 की देर शाम कोबरा की एक टीम नक्सलियों की तलाश में जंगल की ओर रवाना हो गई। इन जवानों को घनी पौध-पत्रावलियों के बीच दबे पाँव आगे बढ़ना था और तेजी, सावधानी तथा चतुराई से आगे का रास्ता भी खोजना था। वहाँ एक सकरा रास्ता था, जिसका इस्तेमाल गाँववाले आने-जाने के लिए किया करते थे, लेकिन कोबरा के ये जवान जानते थे कि यह रास्ता ज्यादा सुरक्षित नहीं था। इसीलिए उन्होंने जंगल की ऊबड़-खाबड़ जमीन पर आगे बढ़ते हुए अपने रास्ता खुद चुना। चंद्रमा की रोशनी उन्हें राह दिखा रही थी, वो राह जो घने झाड़-झंखाड़ के बीच से होकर गुजरती थी। कंगसाबती नदी के किनारों की उपजाऊ मिट्टी ने दालमा की पहाड़ियों पर ऊँचे-ऊँचे साल के पेड़ों के जंगल खड़े कर दिए हैं, जिससे ये इलाका हरित आवरण से ढका हुआ रहता है। ये पहाड़ियाँ बंगाल-झारखंड पर्वत श्रृंखला का हिस्सा हैं। इस इलाके में हाथियों को विचरते देखना एक आम बात है। अभी कोबरा के दल ने कुछ ही दूरी तय की थी कि वहाँ बूँदाबाँदी शुरू हो गई। रोशनी कम होने के बावजूद भी ये जवान अपने लक्ष्य की ओर बढ़ते रहे।

कंगसाबती नदी के किनारे बसा मिदनापुर पिछले कई वर्षों से वामपंथी उग्रवाद का साक्षी रहा है। यह शहर जनजातीय परंपराओं के लिए मशहूर है

COBRA
JUNGLE WARRIORS
COBRA

और इसका नाम यहाँ की एक देवी, मिदिनी माता, के नाम पर रखा गया है, जिन्हें स्थानीय लोग शक्ति का अवतार मानते हैं। ऐतिहासिक पृष्ठभूमि पर यह स्थान सिराज-उद्-दौला की सल्तनत का हिस्सा था, जिसके साथ 20 जून, 1757 को उसी के एक सेनापति मीरजफर ने विश्वासघात किया था। इसी विश्वासघात के कारण रॉबर्ट क्लाइव के नेतृत्व में ईस्ट इंडिया कंपनी की सेना ने सिराज-उद्-दौला को हराकर भारत-भूमि पर अपना कब्जा जमा लिया था। यही तो वह घटना थी, जिसने भारत के इतिहास को हमेशा-हमेशा के लिए बदलकर रख दिया। कई वर्षों बाद, संथाल विद्रोह और चुआड़ विद्रोह के दौरान ब्रिटिश हुकुमत की खिलाफत करने के लिए एक बार फिर इस स्थान का नाम प्रकाश में आया था। इसके बाद यहाँ कई हिंसक घटनाएँ घटित हुई थीं, जिनमें विद्रोहियों ने तीन ब्रिटिश जिला मजिस्ट्रेटों की हत्या कर दी थी। वहीं एक अन्य मजिस्ट्रेट किंग्सफोर्ड की हत्या की नाकाम कोशिश के लिए खुदीराम बोस को मौत की सजा सुनाई गई थी। देश की आजादी के बाद यहाँ शांति बहाल हुई और इस स्थान का विकास हुआ। हालाँकि अभी कुछ वर्षों से इस इलाके में फिर अशांति व्याप्त है।

कोबरा के ये जवान पूरी रात चलते रहे और आखिरकार उस स्थान पर पहुँच गए जहाँ नक्सलियों के डेरा डालने की आशंका थी। अब एक विस्तृत कार्य-योजना को मूर्तरूप दिया जाना था। उनके तलाशी अभियान का क्षेत्र एक किलोमीटर लंबा और दो किलोमीटर चौड़ा था। प्राप्त खुफिया सूचनाओं से सभी जवानों को एक बार फिर अवगत करा दिया गया था और उन्हें अभियान के बारे में भली-भाँति समझा दिया गया था। नक्सलियों पर तीन तरफ से शिकंजा कसने की नीति अपनाई गई थी। मध्य से एक टीम सहायक कमांडेंट पंचमलाल के नेतृत्व में आगे बढ़ रही थी, जिसमें उनके साथ सिपाही आशीष कुमार तिवारी, एस.वाई. रेड्डी और लालबहादुर शामिल थे। बाईं ओर से उप निरीक्षक मंगला प्रसाद और हवलदार श्री किशन आगे बढ़ रहे थे और दाहिनी ओर से गोलतोड़ पुलिस थाने के कर्मियों ने आगे बढ़ना शुरू कर दिया था।

रात के उस पहर में घुप्प अँधेरा था। इसी बीच जवानों को पास ही जमीन पर गड़ा गेरूए रंग का एक तंबू दिखाई दिया। उन्हें यकीन हो चला था कि यह नक्सलियों का ही तंबू था, जिसमें वे दुष्कर पदयात्रा के बाद आराम कर रहे थे। कोबरा के जवानों ने बहुत ही सावधानी से उस इलाके को घेर लिया था। आशीष कुमार तिवारी मध्य में मौजूद टीम के सदस्य थे। वास्तव में, यह उन्हीं को सुनिश्चित करना था कि नक्सली उस सुरक्षा घेरे को तोड़कर भागने न पाएँ। आशीष एक शर्मीले और अंतर्मुखी नौजवान थे और वे हाल ही में कोबरा बटालियन में आए थे। सीआरपीएफ की बटालियनें सुगठित टीमों की भाँति होती हैं। जवान इन बटालियनों में लंबे समय तक रहते हैं और समय बीतने के साथ-साथ उनके आपसी संबंध घनिष्ठ होते जाते हैं। उनके बीच की यही घनिष्ठता सुरक्षा अभियानों में बेहद महत्त्वपूर्ण सिद्ध होती है। खतरों और जटिलताओं से भरे सुरक्षा अभियानों में एक छोटी सी गलती भी दूरगामी दुष्परिणामों का कारण बन सकती है। इसीलिए यह अत्यंत आवश्यक होता है कि टीम के सदस्य एक-दूसरे को बखूबी जानते हो। सुरक्षा अभियानों से जुड़े दायित्व हर जवान की क्षमताओं और कमजोरियों को देखते हुए सौंपे जाते हैं। इसलिए इन सभी पहलुओं पर हमेशा विस्तृत विश्लेषण की आवश्यकता होती है। इन अभियानों में जवान एक-दूसरे के जिगरी दोस्त की तरह (बड्डी सिस्टम में) काम करते हैं, यानी दूसरा जवान हर समय पहले जवान का स्थान लेने के लिए तत्पर रहता है। बरसों पुरानी यह पद्धति समय की हर कसौटी पर खरी उतरी है और इसीलिए इसे अब भी पूरी निष्ठा से अपनाया जाता है। निस्संदेह सुरक्षा बलों के जवान आपसी विश्वास पर ही तो कार्य करते हैं। झारखंड निवासी आशीष बड़ी ही जल्दी अपनी नई टीम के साथ घुलमिल गए थे। शारीरिक रूप से वह एक फुर्तीले, चुस्त व तंदरुस्त नौजवान थे और अपना हर काम बड़े ही जोश से करते थे। इसीलिए तो उनके अधिकारियों ने उन्हें एक बहुत ही खास व सुगठित टीम के लिए चुन लिया था।

उस दिन जंगल में नक्सल विरोधी अभियान के लिए जब सभी टीमों ने अपना-अपना स्थान ले लिया तो नक्सलियों पर प्रथम आघात करनेवाली

टीम रेंगते हुए उस गेरूए तंबू तक जा पहुँची, जहाँ नक्सली आराम फरमा रहे थे। पास ही में, बड़े-बड़े पत्तों की आड़ में छिपा एक नक्सली पहरेदार ऊँघ रहा था। अब तक वो बूँदाबाँदी पूरी तरह से बारिश में तबदील हो चुकी थी। कोबरा के कमांडो खिसकते-खिसकते नक्सलियों के और करीब आ चुके थे। अचानक नक्सलियों को यह भनक लग गई कि उन्हें सुरक्षा बलों द्वारा चारों ओर से घेर लिया गया था। फिर क्या था, उन्होंने अपने ही स्थान से सुरक्षा बल के जवानों पर ताबड़तोड़ गोलीबारी शुरू कर दी। सनसनाती हुई गोलियों की आवाजों ने रात के सन्नाटे को भंग कर दिया था। उस जगह भारी अफरा-तफरी की स्थिति थी। इसके बाद दोनों ओर से भीषण गोलीबारी शुरू हो गई थी। इसी बीच एक महिला के चीखने की आवाजें आने लगीं जो दया की भीख माँग रही थी। ये आवाज सुनकर आशीष ने तरस खाते हुए अपने साथियों को हाथ के इशारे से गोलीबारी रोकने के लिए कहा। जवानों ने तत्काल गोलीबारी बंद कर दी। इतने में उस तंबू के कपड़े के पीछे से एक हाथ बाहर आया और उसने जवानों पर बहुत नजदीक (प्वॉइंट-ब्लैंक-रेंज) से गोलियाँ चलाईं। आशीष पूरी तरह से तैयार थे और उन्होंने तुरंत इन गोलियों का जवाब अपनी बंदूक से देना शुरू कर दिया। तभी सहसा वह जमीन पर गिर पड़े। जल्द ही बंदूकें शांत हो गईं और एक भयावह सन्नाटा पसर गया।

फिर जैसे ही क्षितिज पर सूर्योदय हुआ, उदय और पंचम को अपने सामने का नजारा देखकर नक्सली नृशंसता पर बेहद गुस्सा आया। उन्होंने तत्काल एक स्ट्रेचर तैयार कर गंभीर रूप से घायल आशीष को उपचार हेतु निकटवर्ती कैंप भेज दिया। वो छह किलोमीटर लंबा ऊबड़-खाबड़ रास्ता था, जिसे आशीष को ले जा रहे जवानों ने जल्द-से-जल्द तय करने का भरसक प्रयत्न किया था। आशीष को कान के नीचे केवल एक गोली लगी थी। उनके शरीर से बहुत सारा खून बह चुका था, लेकिन फिर भी उनके साथियों को उनके बचने की पूरी उम्मीद थी। इस मुठभेड़ में कोबरा के जवानों ने दुर्दांत नक्सली सिद्धु सोरेन को उसके पाँच साथियों के साथ मार गिराया था। उस

स्थान से भारी मात्रा में हथियार एवं गोला-बारूद तथा आपराधिक-नक्सली साहित्य भी बरामद हुआ था।

उस रात जब कोबरा के वो थके-माँदे जवान अपने कैंप में पहुँचे तो सब तरफ गहरी उदासी छाई हुई थी। कर्तव्य की बलिवेदी पर अपना सर्वोच्च बलिदान देते हुए आशीष ने अपने प्राण न्योछावर कर दिए थे। उनके दोस्त भारी मन से उनके जोश और बहादुरी की बातें कर रहे थे। ऐसा लग रहा था जैसे आज उनका चहेता हीरो उनसे हमेशा-हमेशा के लिए जुदा हो गया था। जब आशीष का पार्थिव शरीर राजकीय सम्मान के साथ क्वार्टर गार्ड के सम्मुख रखा गया तो उनके अजीज साथी कतारबद्ध उनके आसपास खड़े थे।

वहाँ से मीलों दूर, झारखंड के गढ़वा में आशीष की बहादुरी और बलिदान की खबर अब तक उनके माता-पिता तक पहुँच चुकी थी। अभी एक महीने पहले ही तो आशीष अपने घर आए थे। उनके पिता एक किसान थे और अपनी पत्नी, दो बेटों एवं एक बेटी के साथ गढ़वा शहर से सटे अट्टावला नामक छोटे से गाँव में रहते थे। इन बच्चों ने स्थानीय सरकारी हाईस्कूल में अपनी पढ़ाई की थी। आशीष एक होनहार विद्यार्थी थे और उन्होंने रामधारी कॉलेज से स्नातक की उपाधि प्राप्त की थी। सन् 2006 में जब सीआरपीएफ ने पलामू जिले के डालटनगंज में एक भर्ती अभियान चलाया था तो आशीष ने उसमें आवेदन किया था और वे चयनित कर लिये गए थे। उन्होंने पहले पहल कोरापुट (ओड़िशा) में अपनी सेवा आरंभ की थी और अपनी फोर्स के बारे में वे बड़े ही गर्व से बात किया करते थे। अपने गाँव में वह युवाओं के आदर्श बन चुके थे और वहाँ के युवक उन्हीं की तरह फौज में भर्ती होने को लालायित रहते थे। जून 2010 के दौरान वह एक महीने की छुट्टी लेकर अपने घर आए थे। उस समय उनके बड़े भाई की शादी थी और घर में उत्सव का माहौल था। विवाहोत्सव के कुछ दिनों बात छुट्टी से वापस जाने से पहले उन्होंने चर्चा के दौरान अपने परिवारवालों को बताया था कि उनका चयन सीआरपीएफ की कोबरा बटालियन के लिए कर लिया गया था। हालाँकि उनका परिवार कोबरा बटालियनों के विषय में बहुत कुछ नहीं जानता

था, लेकिन वे लोग इतना जरूर समझते थे कि यह वाकई में बड़े सौभाग्य की बात थी। आशीष को 25 जून को अपनी ड्यूटी पर वापस उपस्थित होना था।

उस समय लातेहार मार्ग की ट्रेनें एक हड़ताल की वजह से बंद थीं और ऐसे में आशीष के परिवार ने उनसे छुट्टी बढ़ाने का आग्रह किया था। मगर आशीष नहीं माने और उन्होंने सड़क मार्ग से अपने गंतव्य तक पहुँचने का मन बना लिया। आशीष को यह अहसास नहीं था कि वह आखिरी बार अपने घर आए थे।

शौर्य चक्र आसन्न खतरे के समक्ष उत्कृष्ट वीरता का प्रदर्शन करने के लिए प्रदान किया जाता है। आशीष ने एक ऐसी खतरनाक स्थिति में अदम्य साहस का परिचय दिया था, जिसमें कुख्यात नक्सली सिद्धु सोरेन मारा गया था। ये वही सिद्धु सोरेन था, जो सिल्दा कैंप हमले में शामिल था, जिसमें ईस्टर्न फ्रंटियर राइफल्स के 25 जवान शहीद हो गए थे।

सोरेन उर्फ भूटा बास्की, पुलिस अत्याचारों के विरुद्ध गठित पीपुल्स कमेटी का एक संस्थापक सदस्य था और माओवादियों की सिद्धु-कान्हु-गण-मिलिशिया नामक आर्म्ड विंग का मुखिया भी था। सोरेन गोलतोड़ स्क्वाड का सरगना था, जो आनेवाले समय में बेहद खतरनाक सिद्ध हो सकता था। यह मुठभेड़ मिदनापुर में चलाए गए नक्सल विरोधी अभियानों के इतिहास में एक मील का पत्थर साबित हुई थी, क्योंकि इसके बाद वहाँ नक्सली गतिविधियाँ घटने लगी थीं और सुरक्षा बलों की बढ़ती दबिश के चलते नक्सली वहाँ से पलायन करने लगे थे। जैसी आशा की जा रही थी, आशीष के स्थान पर उनके माता-पिता ने शौर्य चक्र प्राप्त किया, जिसे आज वे अपने घर में बड़े ही गर्व और आदर के साथ रखते हैं। वाकई में आशीष कोबरा के उद्देश्य-वाक्य 'संग्रामे पराक्रमे ज्यी' को चरितार्थ कर गए।

□

अकर्तव्यं न कर्तव्यं प्राणैः कण्ठगतैरपि।
कर्तव्यमेव कर्तव्यं प्राणैः कण्ठगतैरपि॥

जो कार्य निषिद्ध या न करने के योग्य हो, उसे प्राण कंठगत होने पर भी (मृत्यु का आसन्न संकट होने पर भी) नहीं करना चाहिए। इसके विपरीत, जो कार्य करना अपना कर्तव्य हो, उसे अपने अपने प्राणों की परवाह न करते हुए भी अवश्य करना चाहिए।

एक कर्मयोगी योद्धा
आर.के. सिंह

रवींद्र कुमार सिंह ने अँधेरे में आकाश की ओर देखा और यह महसूस किया कि अभी भी दिन निकलने में लगभग आधा घंटा बाकी था। उन्होंने मन-ही-मन अपने आज के कामों के बारे में सोचा। उस समय रवींद्र सीआरपीएफ की 133वीं बटालियन की 'एफ' कंपनी की कमान सँभाल रहे थे। उनका आधार शिविर लोहरदगा में स्थित था। पिछली शाम, रवींद्र को माओवादियों की मौजूदगी के बारे में एक खुफिया जानकारी मिली थी। आज सूरज की पहली किरण के साथ उन्हें 120 से भी ज्यादा जवानों की एक टीम का नेतृत्व करते हुए उन्हें लेकर नक्सलियों की तलाश में हुड़मुड़ और गणेशपुर की पहाड़ियों की तरफ निकलना था, जिसमें सीआरपीएफ की एफ/133वीं बटालियन व 94वीं बटालियन की प्लाटूनें और झारखंड आर्म्ड पुलिस के जवान शामिल थे। अभी कुछ महीनों से ही रवींद्र को इस इलाके का प्रभार दिया गया था। वह जानते थे कि यह एक जोखिम भरा अभियान था और इसीलिए वह अपनी योजना पर बार-बार मनन कर रहे थे।

लोहरदगा झारखंड राज्य का एक छोटा सा शहर है। यह एक जिला मुख्यालय है, जो राज्य की राजधानी राँची से पश्चिम की ओर स्थित है तथा

बॉक्साइड की खदानों के लिए प्रसिद्ध है। शब्द-व्युत्पत्ति के आधार पर देखें तो इस शहर का नाम दो शब्दों के संयोजन से बना है, लोहार (लोहे का कामगार)+दगा (केंद्र)। इस तरह शाब्दिक आधार पर इस शहर के नाम का जो अर्थ उभरकर आता है, वह है—'लोहे की खानों का केंद्र'। खदानों का यह शहर माओवादियों के फलने-फूलने के लिए भी अनुकूल रहा है, क्योंकि माओवादियों का तथाकथित 'लाल-गलियारा' यहीं से होकर गुजरता है। इस लाल-गलियारे का विस्तार 11 राज्यों और 90 से भी ज्यादा जिलों में फैला हुआ है, जिनमें नक्सली हिंसा अपना कहर बरपाती आ रही है। अधिक जनसंख्या घनत्व वाले ये इलाके गरीबी, निरक्षरता और विकास के अभावों से भी जूझते रहे हैं। कृषि ही यहाँ की अर्थव्यवस्था का मुख्य आधार है, जिसे यदाकदा खनन उद्योग एवं वनोपज का योगदान भी मिल जाता है। इसके अलावा अन्य उद्योगों में आर्थिक सहभागिता न होने के कारण यहाँ की अर्थव्यवस्था तेजी से बढ़ती जनसंख्या का भरण-पोषण करने में उतनी समर्थ नहीं मानी जाती है। इस क्षेत्र में जातिगत और जागीरदारी संबंधी मतभेद भी प्रचुर मात्रा में पाए जाते हैं। यह क्षेत्र स्थानीय जनजातियों अर्थात् आदिवासी जनसंख्या से भी अटा पड़ा है, जिसमें संथाल और गोंड जनजातियाँ प्रमुखता से शामिल हैं। वस्तुतः तथाकथित 'लाल-गलियारा' नेपाल की सीमा से लेकर दक्षिणी प्रांत तमिलनाडु के सीमांत भू-भाग तक फैला हुआ है। रवींद्र ने विद्रोही-आधार-क्षेत्र (रिवोल्यूशनरी बेस एरिया) की अवधारणा के बारे में पढ़ा था। वह जानते थे कि माओवादियों ने जगह-जगह अपना वर्चस्व जमाने के लिए सुदूर पर्वतीय क्षेत्रों में या घने जंगलों के बीच दुर्गम इलाकों में अपने आधार-क्षेत्र बना रखे थे, ताकि उनके दुश्मन उन्हें आसानी से खोजकर उन पर हमला न कर सकें। सच्चाई तो यह थी कि इन इलाकों में माओवादियों विद्रोही आंदोलन कई जमीनी कारणों से अपेक्षाकृत अधिक शक्तिशाली सरकार के सुरक्षा बलों से कहीं ज्यादा जन-सहानुभूति बटोरने में कामयाब रहे थे।

इसी पृष्ठभूमि के जवाब में रवींद्र ने आज के अभियान की योजना बनाई थी। उनके रास्ते में धरधरिया के जंगल भी पड़ते थे। उनके जवान आधुनिक

हथियारों से लैस थे और हर कार्रवाई के लिए तैयार थे। उन्हें दिनभर में न सिर्फ अपने गंतव्य तक पहुँचना था, बल्कि पूरे क्षेत्र की तलाशी लेनी थी और फिर अपने आधार शिविर पर सुरक्षित लौटना भी था। रवींद्र ने एक दिन पहले ही नक्शों पर रास्ते बनाकर अपने जवानों को बखूबी हर बात समझा दी थी। उस दिन सुबह होते ही वो जाँबाज अपने अभियान पर कूच करने को तैयार खड़े थे। इस दौरान रवींद्र मन-ही-मन यह भी सोच रहे थे कि आज उनकी पत्नी का जन्मदिन है और सबसे पहले उन्हें मुबारकबाद दी जानी चाहिए। उन्होंने उनसे बात करने के लिए अपना मोबाइल फोन हाथ में लिया, लेकिन फिर सोचा कि इतनी जल्दी कॉल करना ठीक न होगा और वे उन्हें कुछ देर बाद कॉल कर लेंगे। इस तरह उन्होंने हाथ में मोबाइल फोन की बजाय अपनी असॉल्ट राइफल थाम ली और अपने अभियान पर चल पड़े।

रवींद्र चाहते थे कि उनके जवान जल्द-से-जल्द ये दूरी तय करें, क्योंकि कुछ ही घंटों में गर्मियों का तेज सूरज उनके सिर पर चढ़कर सफर को दूभर कर देनेवाला था। यह घने जंगलों वाला पहाड़ी इलाका था और यहाँ जवानों को बहुत ज्यादा सावधान रहने की जरूरत थी। इस इलाके में साके और हुड़मुड़ जैसे कई गाँव हैं, जिनमें हर गाँव की जनसंख्या एक हजार से भी कम है। यह एक मनोरम स्थान है, जहाँ बस पक्षियों की चहचहाट ही सन्नाटे को बार-बार चुनौती देती रहती है। रवींद्र जानते थे कि चहुँओर के वातावरण की मनमोहक छटा में खोकर उन लोगों को अपनी सजगता में कमी नहीं लानी चाहिए। हुड़मुड़ गाँव के उत्तर-पूर्वी हिस्से से होते हुए जब वे लोग ग्राम-साके की तरफ बढ़ रहे थे तो अचानक विस्फोटों की शृंखला ने सन्नाटे को पूरी तरह से तोड़ दिया। विस्फोट के धमाके ने रवींद्र को हवा में उछाल दिया और कुछ पलों के लिए वह अपने होश खो बैठे। जब उन्हें होश आया तो उन्होंने पाया कि वहाँ की हवा में धूल-ही-धूल थी और सब तरफ विस्फोटों की आवाजें सुनाई दे रही थीं। उन्हें तुरंत समझ में आ गया कि नक्सलियों द्वारा उनकी टीम पर घात लगाकर हमला कर दिया गया है। उन्होंने उठकर खड़े होने का प्रयास किया, लेकिन उनके साथी सिपाही धौला ने उन्हें जमीन पर ही थामे

रखा। स्थिति की गंभीरता को मन-ही-मन समझते हुए तथा जख्मी जवानों को वहाँ से बाहर निकालने के उपाय और नक्सलियों पर पलटवार करने की रणनीति के बारे में सोचते-सोचते रवींद्र को महसूस हुआ कि उनके साथ कुछ बहुत गलत घटित हो गया है। उन्होंने देखा कि उनके बाएँ पैर से बहुत ज्यादा खून बह रहा था। तभी उन्होंने गौर किया कि उनके बाएँ पैर का पंजा गायब था। एक पल के लिए तो उन्हें यकीन नहीं हुआ, फिर समझ में आया कि विस्फोट में उनके पैर का यह हिस्सा क्षतिग्रस्त हो गया था। आश्चर्य था कि उन्हें लेशमात्र भी दर्द का अहसास नहीं हो रहा था, फिर वह जान गए कि विस्फोट के कारण उनके शरीर में अभी झनझनाहट है और दर्द महसूस नहीं हो रहा है। तेजी से वह अपने साथी की ओर पलटे और फिर उसे रक्तबंध या टर्निकिट बाँधने के बारे में विस्तार से समझाया। आखिर किसी भी तरह से खून को बहने से रोकना बहुत जरूरी था। इसके बाद उनके एक साथी ने नीचे की तरफ से उनकी पेंट फाड़ी और दूसरे साथी ने पैर पर टर्निकिट बाँध दिया। रक्तबंध बाँधने के लिए वहाँ कुछ और उपयुक्त वस्तु न मिलने के कारण उन्होंने खून रोकने के लिए जूते की एक लेस का इस्तेमाल किया। उस समय सिपाही धौला के चहरे पर भय और करुणा के भाव थे। अब तक नक्सलियों ने मुसीबत में फँसे जवानों पर गोलीबारी भी शुरू कर दी थी।

तभी अचानक नक्सलियों की ओर से गोलीबारी थम गई और माइक पर धमकी भरे अंदाज में एक आवाज गूँज उठी, जो कह रही थी कि सुरक्षा बलों के जवान अपने हथियार डाल दें और नक्सलियों के आगे घुटने टेक दें।

इस पर रवींद्र के तन-बदन में मानो जोरदार उत्तेजना कौंध उठी और उन्हें लगा जैसे नक्सलियों को उनके इस दुस्साहस का मुँहतोड़ जवाब दिया जाना चाहिए। उनके भीतर का योद्धा एक बार फिर जाग चुका था। उनकी रगों का खून खौल उठा था और उनके रोंगटे खड़े होने लगे थे। फिर एक दमदार आवाज में उन्होंने नक्सलियों को ललकारते हुए चुनौती दे डाली और नक्सलियों पर ताबड़-तोड़ गोलियाँ बरसाना शुरू कर दिया। गोलियों की आवाज पर्वतों के बीच गूँजने लगीं। उनके आह्वान पर अब तक बेबस पड़े

सभी जवानों ने भी नक्सलियों पर पलटवार करना शुरू कर दिया था। इसके बाद दोनों तरफ से भारी गोलीबारी हुई।

जल्द ही नक्सवादी हड़बड़ाकर पीछे हटने पर मजबूर हो गए और भाग खड़े हुए। जैसे ही गोलीबारी थमी, रवींद्र रेंगते हुए अपने साथी जवानों के पास जा पहुँचे। वे जानते थे कि अब तक कर्तव्य की बलिवेदी पर उनके कई जवानों ने अपने प्राणों आहूति दे दी थी, लेकिन वहाँ कुछ और जवान भी थे जो बुरी तरह जख्मी हो चुके थे। रवींद्र घायल जवानों को जल्द-से-जल्द अस्पताल पहुँचाना चाहते थे। उनमें से कई जवान ऐसे थे जिनकी आँखें जख्मी हो गई थीं। रवींद्र को खुद से ज्यादा अपने जवानों की जान प्यारी थी।

उन्होंने तत्काल एक एस.ओ.एस. मैसेज (खतरे में सुरक्षा-सहायता माँगने का संदेश) भेजा और फिर घायल जवानों को लेने जल्द ही सुरक्षा बलों की मददगार टीमें वहाँ पहुँच गईं। रवींद्र को एक कंबल में लपेटकर सुरक्षित स्थान पर ले जाया गया। उनका घायल और थका-टूटा शरीर इससे ज्यादा साथ नहीं दे पा रहा था। शरीर में असहनीय टूटन के बाद भी उन्हें यह संतोष था कि हालातों से लड़ने में उन्होंने अपनी ओर से कोई कसर नहीं छोड़ी थी और अपना सर्वश्रेष्ठ योगदान दिया था। यही सोचते-सोचते घायल रवींद्र अपने साथी जवानों की बाँहों में समा गए। वहाँ से मीलों दूर रवींद्र की पत्नी रत्ना आज एक बहुत ही खास दिन पर रवींद्र के टेलीफोन कॉल का इंतजार कर रही थीं। व्याकुलता के बाद भी वह उनसे नाराज नहीं थीं। वह जानती थीं कि उनके पति अकसर अपने अभियानों पर झारखंड के जंगलों की तरफ निकल जाते हैं, जहाँ से टेलीफोन द्वारा संपर्क की स्थिति ज्यादातर डाँवाँडोल ही रहती है और इसीलिए वे बड़े इत्मिनान से अपने जन्मदिन पर पतिदेव की ओर से शुभकामनाओं के आने की प्रतीक्षा करती रहीं। वे स्थानीय कॉलेज में रसायन-शास्त्र पढ़ाती थीं और इस कारण उन्हें इस नक्सली हमले की भनक भी नहीं लगी थी। जब रोज की तरह 11 बजे तक उनकी अपने पति से फोन पर बात न हो सकी तो उन्हें किसी अनिष्ट की चिंता सताने लगी। उन्होंने अपने पति के एक साथी को फोन किया तो उन्हें इस घटना की जानकारी

मिली। रवींद्र बहुत ही गंभीर रूप से घायल हो गए थे और उन्हें विमान द्वारा राँची के अपोलो अस्पताल ले जाया गया था। यह बुरी खबर सुनकर भी उनकी पत्नी ने साहस नहीं खोया। वह एक सच्चे सेनानी की पत्नी थीं और इसीलिए फोन पर उन्होंने पहले उनके इस अभियान पर गए सुरक्षाकर्मियों का कुशलक्षेम पूछा और फिर अपने पति से बात करने की इच्छा व्यक्त की।

रवींद्र अपने घावों के प्रति बिल्कुल बेपरवाह थे। उन्होंने फोन पर अपनी पत्नी से बात करते हुए उन्हें बताया कि उन्हें तो बस कुछ खरोंचें आई थीं और वे अपने जवानों की खातिर यहाँ तक चले आए थे। रवींद्र ने उस समय यह भरसक प्रयत्न किया कि उनके जख्मों के बारे में उनकी पत्नी को पता न चले। उनकी रत्ना भी पूरे धैर्य से अपने पति की बातें सुन रही थीं, जो जाहिर तौर पर उनसे झूठ बोलने का प्रयास कर रहे थे। फिर बहुत ही शांतचित्त होकर रत्ना ने उन्हें बताया कि वह राँची के लिए निकल चुकी थीं, क्योंकि उन्हें पता था कि रवींद्र अपोलो अस्पताल की गहन चिकित्सा ईकाई (आई.सी.यू.) में भर्ती थे। इस पर रवींद्र मुसकरा दिए और उन्होंने फोन रख दिया, क्योंकि अब उन्हें उस इंसान से इसके आगे और कोई झूठ नहीं बोलना था, जो उन्हें जेहानी तौर पर बहुत ही बेहतर तरीके से जानता था।

कुछ समय बाद धीरे से, रत्ना ने रवींद्र के घायल होने की खबर अपने युवा बेटे और रवींद्र के माता-पिता को भी दे दी। अब राँची की फ्लाइट में बैठने का वक्त आ चुका था। जैसे ही विमान राँची विमानतल पर उतरा, रत्ना ने खुद को आगे आनेवाले एक लंबे संघर्ष के लिए मन-ही-मन तैयार कर लिया।

वहीं मीलों दूर बैठे, रवींद्र के पिता, ब्रिजेंद्र सिंह अपने बेटे के जख्मी होने की खबर सुनकर बहुत ही व्याकुल व अधीर थे। उनके भीतर की बैचेनी उन्हें बार-बार कह रही थी कि कुछ-न-कुछ गलत घटित हुआ था और शायद वे लोग उन्हें पूरी बात नहीं बता रहे थे। वह इस बात की असलियत जानने के लिए लोगों से पूछते रहे, लेकिन उन्हें इससे ज्यादा कुछ भी पता नहीं चल सका। कुछ ही वर्षों पहले वह जिला न्यायाधीश के पद से सेवानिवृत्त हुए

थे। अपनी सेवा के दौरान वह उत्तर प्रदेश राज्य के कई अलग-अलग स्थानों पर पदस्थ रह चुके थे। इन तबादलों के दौरान उनके चारों पुत्र उनके साथ रहते आए थे। रवींद्र का जन्म फिरोजाबाद में हुआ था और वह बचपन से ही अपने कर्म और विचारों को लेकर एक स्वतंत्र प्रवृत्ति के इंसान थे। जहाँ उनके अन्य तीन बेटों ने पुश्तैनी वकालत के पेशे को ही चुन लिया था, वहीं रवींद्र की विचारधारा उनसे बिल्कुल भिन्न थी। जब से रवींद्र ने स्कूल में स्काउट्स और एन.सी.सी. की गतिविधियों में भाग लेना शुरू किया था, तभी से उनके मन में एक खास किस्म का जुनून था और उन्नाव में गवर्नमेंट इंटर कॉलेज में पढ़ते हुए उन्होंने सीआरपीएफ में भर्ती होने की इच्छा भी जाहिर की थी। कानपुर के पी.पी.एन. कॉलेज से स्नातक की उपाधि प्राप्त करने के बाद उन्होंने इलाहबाद यूनिवर्सिटी के विधि विभाग में दाखिला लिया था। उनके पिता ने सोचा था कि यूनिवर्सिटी का माहौल रवींद्र का रूझान वकालत के पेशे की ओर ले आएगा, लेकिन रवींद्र पर इस शहर के माहौल ने कुछ और ही असर दिखाया था।

इस शहर का समृद्ध इतिहास और एक राष्ट्र के रूप में भारत के निर्माण में इसका योगदान रवींद्र के मन पर अमिट छाप छोड़ गया था। इस शहर के मूल नाम 'प्रयाग' का अर्थ है 'वह स्थान जहाँ बहुत से यज्ञ होते हों'। वेदों में लिखा है कि यह वही स्थान है जहाँ सृष्टि के रचयिता ब्रह्माजी ने सृष्टि की रचना का कार्य पूर्ण करने के उपरांत प्रथम यज्ञ किया था। पुराणों में इसे वही स्थान बताया गया है जहाँ राजा ययाति का निवास था और उन्होंने सप्तसिंधु को जीतने के लिए इसी स्थान से कूच किया था। ऋग्वेद में किए गए उल्लेख के अनुसार ययाति के पाँच पुत्र थे—यदु, द्रुहु, पुरू, अनु तथा तुर्वसु और उन्हीं से आगे चलकर पाँच मुख्य जातियाँ बनीं। इस नगर का नाम कौशांबी भी होता था और हस्तिनापुर के बाढ़ग्रस्त होने के बाद इसे कुरू वंश की राजधानी बनाया गया था। गंगा, यमुना और सरस्वती नदियों के संगम पर बसा यह नगर अतीत से ही राजनीतिक, सांस्कृतिक तथा प्रशासनिक गतिविधियों का केंद्र रहा है। यहाँ एक के बाद एक कई वंश और साम्राज्य अस्तित्व में रहे हैं।

मराठों के आक्रमण और इसके बाद मोहम्मद गौरी के हमले ने मुगल बादशाह अकबर को इसका नाम बदलकर इलाहाबाद (अल्लाह का शहर) रखने के लिए प्रेरित किया था। सन् 1765 ने इस शहर की तकदीर बदलकर रख दी थी, जब बक्सर की लड़ाई में मुगल तथा नवाबों की मिली-जुली सेना ब्रिटिश ईस्ट इंडिया कंपनी की सेना से हार गई थी। इसके बाद इलाहाबाद की संधि हुई थी और इलाहाबाद के किले में ब्रिटिश गैरिसन (दुर्गरक्षकों का गढ़) की बनाई गई थी। सन् 1801 में यह शहर ब्रिटिश सत्ता के अधीन आ गया था।

इलाहाबाद की सड़कें आज भी भारत के स्वतंत्रता संग्राम की प्रेरक कहानियाँ कहती नजर आती हैं और स्वाधीनता की लड़ाई में इस शहर के महत्त्व को उजागर करती हैं। एक बार जब रवींद्र मदन मोहन मालवीय उद्यान में गए थे तो उन्हें इसके महत्त्व के बारे में पता चला था। दरअसल, 1857 की क्रांति में इलाहाबाद की बहुत बड़ी भागीदारी रही थी। यह वह क्रांति थी जिसने ब्रिटिश साम्राज्य की नींव हिलाकर रख दी थी। यही वह शहर था जहाँ मौलवी लियाकत अली ने स्वाधीनता की पताका लहराई थी। जनवरी 1858 में घटित एक घटना के बारे में जानकर रवींद्र बेहद आश्चर्यचकित थे, क्योंकि यह वो घटना थी जिसकी वजह से भारत में ब्रिटिश साम्राज्य की स्थापना हुई थी। उस समय लॉर्ड केनिंग, जिन्हें बाद में अर्ल केनिंग कहा गया (अर्ल—इंग्लैंड के सामंतों की विशिष्ट पदवी) कलकत्ता से इलाहाबाद आ गए थे। मिंटो पार्क में उन्होंने महारानी विक्टोरिया की वह घोषणा जन-सामान्य को पढ़कर सुनाई थी, जिसके अनुसार भारत की सत्ता अब ईस्ट इंडिया कंपनी के स्थान पर ब्रिटिश क्राउन को सौंप दी गई थी। बस यहीं से भारत में ब्रिटिश राज की शुरुआत हुई थी।

सन् 1888 में इसी शहर में भारतीय राष्ट्रीय कांग्रेस का अधिवेशन हुआ था। यह शहर क्रांतिकारियों का गढ़ भी रहा है। नित्यानंद चटर्जी ने इसी शहर में स्थित यूरोपिन क्लब पर बम फेंका था। सन् 1931 में इसी शहर के अल्फ्रेड पार्क में चंद्रशेखर आजाद शहीद हो गए थे, जब अंग्रेजों ने उन्हें घेर लिया था। इलाहाबाद स्थित आनंद भवन और स्वराज भवन ने भी युवा रवींद्र को बेहद

प्रभावित किया था, जो लंबे समय तक राजनीतिक गतिविधियों का केंद्र रहे थे। रवींद्र को एक तरफ जहाँ इस शहर के बहुत से सत्याग्रहियों का घर होने की बात पर नाज था, वहीं इस बात का रंज भी था कि यह वही जमीन थी जहाँ आजादी के बाद द्विराष्ट्र के सिद्धांत पर अमल करने के लिए बँटवारे के बीज बोए गए थे। यह वही जगह थी, जहाँ 29 दिसंबर, 1930 को अखिल भारतीय मुस्लिम लीग की बैठक में अध्यक्षीय भाषण देते हुए अल्लामा मोहम्मद इकबाल ने देश के मुस्लिम बहुल क्षेत्रों के लिए एक अलग मुस्लिम राष्ट्र का प्रस्ताव रखा था। वाकई में इलाहाबाद शहर अपने आपमें देश की एक जीवंत विरासत है और रवींद्र ने इसे हमेशा बचाए रखने का वादा खुद से कर लिया था।

रवींद्र के पिता यह बखूबी जानते थे कि दिलों के मजबूत जज्बात अकसर इंसान को नई ऊँचाइयों तक ले जाते हैं। इसलिए तो रवींद्र ने जब उन्हें अपनी प्रबल इच्छाओं के बारे में बताते हुए सीआरपीएफ में सेवा करने की मंशा व्यक्त की और उनसे अनुमति माँगी तो वे न चाहते हुए इसके लिए राजी हो गए। दरअसल, वे अपने बेटे की भावनाओं को ठेस पहुँचाना नहीं चाहते थे। उस समय अपने मन के सारे डर एक तरफ रखते हुए उन्होंने अपने बेटे की बात मान ली थी। हालाँकि सीआरपीएफ में पदार्पण के बाद से अब तक रवींद्र ने उन्हें कभी निराश नहीं होने दिया था। सेवा के दौरान उन्हें प्रतिष्ठित राष्ट्रीय सुरक्षा गार्ड में प्रतिनियुक्ति के लिए चयनित कर लिया गया था और वहाँ पर वे एक जांबाज ब्लैक-कमांडो बनकर उभरे थे। इसके बाद उनका चयन स्पेशल प्रोटेक्शन ग्रुप (एस.पी.जी.) के लिए भी कर लिया गया था, जो भारत के प्रधानमंत्री की सुरक्षा का अहम कर्तव्य निभाता है। यहाँ भी उन्होंने उतनी ही उत्कृष्टता से अपने कर्तव्यों का निर्वहन कर खूब नाम कमाया था। जब वह झारखंड के जंगलों में नक्सली उग्रवाद को चुनौती देने पहुँचे थे तो उनके पिता उनके बारे में बहुत ज्यादा फिक्रमंद नहीं थे, क्योंकि उन्हें अपने बेटे की बहादुरी और काबिलियत पर पूरा यकीन था। लेकिन इस बार इस बुरी खबर से उन्हें बहुत बड़ा सदमा लगा था और वे अपनी वृद्धावस्था के वशीभूत

इसे बर्दाश्त नहीं कर पा रहे थे। अपने बेटे की कुशलता की कामना करते हुए वे आज उस दिन को याद कर रहे थे जब उन्होंने अपनी स्वर्गवासी पत्नी को यह विश्वास दिलाया था कि रवींद्र जीवन में कभी कोई गलत कदम नहीं उठाएँगे। इन हालातों में वे पूरे मनोयोग से रवींद्र के प्राणों की प्रार्थना करते हुए हरि नाम की माला जप रहे थे।

उधर अस्पताल में डॉक्टरों की टीम रवींद्र को बचाने की जद्दोजहद में लगी हुई थी। दुर्घटना के वक्त रवींद्र के साथी जवानों ने उनके ही मार्गदर्शन में उनके बाएँ पैर पर जो रक्तबंध (टर्निकिट) बाँधा था, वो खून के बहाव को रोकने में सक्षम रहा था, लेकिन रवींद्र को उस बियाबान जंगल से इस सुविधा-संपन्न अस्पताल तक लाने में लगी देरी के कारण मांस में सड़न पैदा होने लगी थी, जो उनकी जान के लिए बेहद खतरनाक सिद्ध हो रही थी। उनका जीवन बचाने के लिए, उनके पैर को काटकर अलग करना अब लाजमी हो चला था। तब तक उनकी पत्नी रत्ना भी वहाँ पहुँच चुकी थीं और इन हालातों में बहुत जल्द एक फैसला लेना जरूरी था, जिसकी डॉक्टरों को प्रतीक्षा थी। इतना सब सुनकर भी रत्ना विचलित नहीं हुईं और उन्होंने इस ऑपरेशन के लिए अपनी सहमति दे दी। फिर भारी मन से डॉक्टरों की टीम बहादुर रवींद्र के प्राण बचाने ऑपरेशन थियेटर और बढ़ गई।

वह 5 मई का दिन था जब जाँबाज देशभक्त रवींद्र का बायाँ पैर घुटने के ठीक नीचे से काटकर अलग कर दिया गया। फिर बीस दिन अस्पताल में भर्ती रहने के बाद वह अपने घर दिल्ली जाने को तैयार थे। जब वे व्हील-चेयर पर बैठकर दिल्ली विमानतल से बाहर निकले तो पूरे सीआरपीएफ में संतोष व खुशी की लहर दौड़ गई थी। आखिरकार उनका बहादुर जांबाज आज अपने घर लौट आया था। सीआरपीएफ के महानिदेशक के. विजय कुमार ने उन्हें बेहतर-से-बेहतर चिकित्सा सुविधा मुहैया करवाई थी। सेना के विशेषज्ञ चिकित्सा अधिकारी, जिन्हें इस प्रकार के मामलों में घायलों के उपचार का प्रखर अनुभव प्राप्त था, रवींद्र के उपचार के लिए आगे आए थे। नई दिल्ली के आर्मी बेस अस्पताल की सतत निगरानी में रवींद्र के घाव अच्छी तरह से

भर गए थे। तब डॉक्टरों यह भी परामर्श दिया कि नई दिल्ली के नारायणा में स्थित एक प्रतिष्ठित कृत्रिम अंग बनानेवाली कंपनी रवींद्र के लिए एक नकली पैर बना सकती है। कुछ लोगों को यह डर था कि कृत्रिम अंग लगने के बाद रवींद्र शायद थम जाएँगे। दरअसल आनेवाले समय में ऐसा सोचनेवाले लोगों के लिए कुछ बहुत ही आश्चर्यजनक घटित होनेवाला था। सब कुछ जानते हुए भी रवींद्र उस कृत्रिम अंग के लगने के बाद अपने हौसले, साहस और इच्छाशक्ति को आजमाने का मन बना चुके थे।

सामान्यतया, शरीर का कोई हिस्सा क्षतिग्रस्त होने के बाद एक नए कृत्रिम अंग को अपनाने में कई सप्ताह का समय लग जाता है। इसी प्रकार शरीर के किसी अंग के खोने के बाद मस्तिष्क भी धीरे-धीरे इस असलियत को स्वीकारते हुए अपनी क्षमताओं को पुनः पाने का प्रयत्न करता है। रवींद्र के मन में भी ऐसे ही कई डर थे, लेकिन उन्होंने इन्हें कभी दूसरों पर जाहिर नहीं किया। उन्होंने कभी भी इस बात की फिक्र नहीं की कि आगे क्या होगा, मगर वो अपने पैरों पर खड़े होने की प्रबल इच्छा रखते थे। कृत्रिम अंग लगने के अगले ही दिन डॉक्टरों ने उन्हें बताया कि इस कृत्रिम पैर पर पहले-पहल उन्हें अपना वजन साधने की कोशिश करनी होगी। रवींद्र जानते थे कि उन्हें इस कृत्रिम पैर पर ज्यादा वजन नहीं देना है और न ही ज्यादा महत्त्वाकांक्षी बनना है। डॉक्टरों ने उन्हें बताया था कि वह पहले अपनी सुरक्षा का ध्यान रखें, क्योंकि कई लोग कृत्रिम पैर को अपना असली पैर समझने की भूल कर बैठते हैं। कई मायनों में यह गलत सिद्ध होता है, क्योंकि सच तो यह है कि दिमाग ही पैर को चलने के निर्देश देता है और असली पैर के कट जाने के बाद यह गतिविधि सार्थक नहीं होती। इसलिए कई बार इस गलती की वजह से व्यक्ति गिर पड़ता है और उसे चोट लग जाती है। ऐसे हालातों में कोई भी चोट स्थितियों को ज्यादा गंभीर बना सकती है। रवींद्र को कृत्रिम पैर लगाने के बाद अभ्यास के लिए एक ऐसे कक्ष में ले जाया जाता था, जहाँ सहारा देने के लिए समानांतर रेलिंग लगी हुई थी। उन्हें इन समानांतर सहारों के बीच बहुत ही सावधानीपूर्वक चलने का अभ्यास करना था। एक दिन इस कक्ष में जब

उन्होंने अपने आसपास नजर घुमाई तो पाँच साल के एक बच्चे को कृत्रिम अंग के साथ चलते हुए देखा। उसे देखकर रवींद्र मंत्रमुग्ध हो गए। उन्होंने सोचा कि जब यह छोटा सा बच्चा ऐसा सब कर सकता है तो मैं क्यों नहीं? उनका यह अहसास फिर जाग उठा था कि आखिर वह एक प्रशिक्षित सैनिक हैं, जो अब तक जीवन का हर क्षण बहादुरी से जीते आए हैं। उन्हें यकीन हो चला था कि वह इस कृत्रिम अंग के साथ भी अपने जीवन में बहुत कुछ कर सकते हैं। इसी नए संकल्प और एक नई मुसकान के साथ उन्होंने अपने नए पैर को शरीर से कस लिया और जिंदगी का एक नया अध्याय लिखने के लिए खुद को तैयार कर लिया।

इस दरमियान कुछ महीनों में सीआरपीएफ ने उन्हें ग्रुप केंद्र, नोएडा में स्थानांतरित कर दिया। जुलाई के महीने में इस अधिकारी से टेलीफोन द्वारा संपर्क स्थापित किया गया और उनकी इच्छानुसार कार्य ग्रहण करने का आग्रह किया गया। उस समय रवींद्र ने ड्यूटी पर वापस लौटने से इनकार कर दिया। रत्ना को यह बात समझ नहीं आ रही थी। वह जानती थीं कि रवींद्र अपने कार्यालय की दिनचर्या को बहुत याद किया करते थे। उन्हें यह भी मालूम था कि सीआरपीएफ ने उनके पति के हितों के बारे में बहुत कुछ सोच रखा था। रत्ना ने रवींद्र को समझाने का भरसक प्रयास किया कि वह अपनी ड्यूटी पर वापस लौट जाएँ, क्योंकि वह जानती थीं कि अब उनके पति को कार्यालय का सामान्य कामकाज ही निपटाना था। लेकिन अपनी प्रकृति के अनुसार रवींद्र ने उनकी एक न सुनी और अपने निर्णय पर अटल रहे। अलबत्ता उन्होंने पास के जिम में अपनी कसरत के समय को और बढ़ा दिया। एक शाम, पसीने से भीगे रवींद्र ने अपने मन की बात अपनी पत्नी से कह दी। उन्होंने कहा कि वह अपने कार्यालय में बिना किसी सहारे के खुद चलकर जाना चाहते थे। उन्हें यह बिल्कुल मंजूर नहीं था कि वह सिविल वेशभूषा में एक व्हील-चेयर पर बैठकर अपने दफ्तर जाएँ। इसीलिए बहुत ही शांत भाव से उन्होंने अपने विभाग से यह अनुरोध किया कि उनकी छुट्टी और बढ़ा दी जाए।

आखिरकार वह दिन आ ही गया, जब रवींद्र एक सुबह जल्दी उठ गए और अपनी ड्रेस पहनकर तैयार हो गए। बाहर एक सरकारी गाड़ी उनकी प्रतीक्षा कर रही थी। रत्ना वाकई मन से बेहद मजबूत थीं और आज अपने पति के कंधे-से-कंधा मिलाकर, उनके साथ तनकर खड़ी थीं। उनके चेहरे पर जरा सी भी शिकन नहीं थी और वह पति को लेकर जाती हुए कार को हाथ हिलाकर विदा कर रही थीं। इसके बाद वह फूट-फूटकर रो पड़ी और उनके दिल के सारे दर्द आँसुओं के साथ बह निकले। आखिरकार उनका हीरो आज फिर से अपने उसी दबंग अंदाज में लौट आया था।

शौर्य चक्र कर्तव्य की बलिवेदी पर शौर्य, अदम्य साहस और अप्रतिम बलिदान के लिए प्रदान किया जाता है। रवींद्र ने अपने जीवन में इससे भी कहीं ज्यादा कर दिखाया था। नई दिल्ली में राष्ट्रपति भवन के अशोक सभागार में आयोजित सैन्य सम्मान समारोह में रवींद्र शान से मार्च करते हुए राष्ट्रपति श्रीमती प्रतिभा पाटिल के समक्ष खड़े हुए थे। उन्होंने सशस्त्र सेनाओं के सर्वोच्च सेनापति को बड़े ही जोश से सलामी दी और फिर राष्ट्रपति ने उन्हें शौर्य चक्र से सम्मानित किया, जो बहादुरी और साहस का प्रतीक है।

इसके बाद रवींद्र ने सीआरपीएफ में आयोजित की जानेवाली टेबिल-टेनिस और बेडमिंटन प्रतियोगिताओं में भाग लेना शुरू कर दिया। उन्होंने पहाड़ियों पर चढ़ाई भी की और अपने पूरे परिवार को वेगन-आर कार में बैठाकर दिल्ली से लेह के खारडूंगला दर्रे तक की सैर कराई। इन दिनों रवींद्र साहसिक कारनामों के प्रति बेहद उत्साहित रहते है। सन् 2016 में उन्होंने मनाली से खारडूंगला तक चलाए गए एक साइकिल अभियान में भाग लिया। इसके बाद सन् 2018 में उन्होंने अरुणाचल प्रदेश के ईटानगर से मेचुका तक की यात्रा साइकिल से पूरी की। उनके भीतर का उत्साह उन्हें कभी थमने नहीं देता। रवींद्र एक आजाद ख्यालों की लेखिका और कवित्री अनाइस नीन का यह कथन अकसर दोहराया करते हैं—'हमारी जिंदगी हमारी हिम्मत और हौसले के मुताबिक ही फैलती और सिकुड़ती है।'

□

उद्यमः साहसं धैर्यं बुद्धिः शक्तिः पराक्रमः।
षडेते यत्र वर्तन्ते तत्र देव सहायकृत्।।

उद्यमिता, साहस, धैर्य, बुद्धि, शक्ति और पराक्रम—
ये छह गुण जिस व्यक्ति में होते हैं, ईश्वर भी उसका सहायक होता है।

शोलों पर दहकता साहस

नागेंद्र सिंह

सहायक कमांडेंट नागेंद्र सिंह ने अपने लैपटॉप से नजरें उठाकर देखा। उनकी आँखों में एक सवाल था। डी.आई.जी. विनीत गोयल ने तभी अपने सामने गूगल अर्थ की विंडो पर अपनी नजरें गड़ा दीं और फिर कागजी नक्शे पर गौर से देखने लगे। फिर उन्होंने पलभर के लिए कुछ सोचा और सिर हिलाकर हामी भर दी। वहाँ मौजूद तीसरे अधिकारी सहायक कमांडेंट विनोज जोसेफ ने भी अपनी सहमति व्यक्त कर दी। उन्हें यह योजना काफी अच्छी लग रही थी। इन हालातों में यही सबसे अच्छा हल नजर आ रहा था। उनके पास इतना समय नहीं था कि वे इस बारे में और विस्तार से सोचकर एक नई योजना बना पाएँ। इस समय उन्हें इस इकलौते उपाय के अलावा कुछ और नहीं सूझ रहा था।

नागेंद्र केंद्रीय रिजर्व पुलिस बल में कंपनी कमांडर के पद पर कार्य कर रहे थे। जब सीआरपीएफ ने नक्सली आतंक से जूझने के लिए कमांडो बटालियन फॉर रिसॉल्यूट एक्शन यानी कोबरा बटालियनों का गठन किया, तो नागेंद्र उसमें चयनित कर लिये गए थे। इसके बाद उन्हें 3 माह का कठिन प्रशिक्षण प्रदान किया गया था। सन् 2010 में वे 207 कोबरा बटालियन में

पदस्थ थे, जो पश्चिमी मिदनापुर के जंगल-महल इलाके में तैनात थी।

अभी लगभग आधे घंटे पहले ही, स्थानीय पुलिस अधीक्षक ने नागेंद्र को फोन किया था। उन्होंने एक बहुत ही संवेदनशील जानकारी उनसे साझा की थी और वह चाहते थे कि नागेंद्र की टीम संदिग्ध क्षेत्र में एक अभियान चलाए। नागेंद्र जानते थे कि यह एक कठिन काम था। उस समय उनके जवान सहायक कमांडेंट विनोज जोसेफ के साथ एरिया-डोमिनेशन की कवायद पर निकले हुए थे। ये कवायद तीन दिनों तक चलनेवाली थी और वे यह भी जानते थे कि जब जवान वहाँ से लौटेंगे तो निश्चित रूप से बेहद थके-माँदे होंगे। हालाँकि इस खुफिया जानकारी का स्रोत बहुत ही विश्वसनीय था। नागेंद्र ने फटाफट अपने कमांडेंट डी.टी. बनर्जी से बात की और इस खुफिया जानकारी पर अमल करने का मन बना लिया। जब विनोज वापस आए तो नागेंद्र ने उनसे अपने साथ चलने की जिद की। नागेंद्र इस घटनाक्रम को देखकर मन-ही-मन खुश भी हो रहे थे कि वे जैसा चाहते थे, वैसा कर पा रहे थे। नागेंद्र जानते थे कि उस खुफिया जानकारी की गंभीरता और क्षेत्र की संवेदनशीलता को देखते हुए ज्यादा-से-ज्यादा जवानों को अपने साथ ले जाना ही फायदेमंद होगा।

वह 24 नवंबर, 2011 की ढलती दोपहर का वक्त था, जब कोबरा के एक दल ने पुलिस थाना पश्चिमी मिदनापुर स्थित अपने कैंप से प्रस्थान किया। झारग्राम के अतिरिक्त पुलिस अधीक्षक आलोक राजोरिया और राज्य आर्म्ड पुलिस के जवान भी इस दल के साथ चल रहे थे। इससे पहले उन्होंने कथित खुफिया जानकारी और उस पर तैयार योजना पर पूरी सावधानी से विचार कर लिया था। पता चला था कि चालाक नक्सली सरगना किशनजी और उसकी तथाकथित साथी सुचित्रा महतो इस इलाके में मौजूद थी। कोबरा के इस दल के सदस्यों ने हाल ही की एक तसवीर में किशनजी का चेहरा अच्छी तरह से देख लिया था। इस माओवादी नेता की बहुत ही कम तसवीरें साझा हुई थीं, लेकिन इस बार मिली तसवीर एकदम ताजा तसवीर थी। यह बात सबको मालूम थी कि किशनजी को सुनने में तकलीफ थी और वह सुनने के लिए कानों में मशीन लगाता था।

मल्लोजुला कोटेश्वर राव को किशनजी के नाम से भी जाना जाता था और वह भारत में माओवादी आंदोलन का एक भयावह चेहरा बन चुका था। नागेंद्र के दिमाग में वो सारी बातें आ रही थीं, जो उन्होंने अब तक किशनजी के बारे में पढ़ी थीं। तमिलनाडु के करीमनगर जिले के पेड्डापल्ली में एक गरीब परिवार में जनमा किशनजी, जिसे बचपन में प्यार से कोटन्ना बुलाया जाता था, एक होनहार छात्र था। उसका मानना था कि ब्रिटिश शासकों से आजादी मिलने के बाद सत्ताधारी धनवान लोग और मजबूत हो गए थे और ये लोग जनजातीय तबकों के जीवन में सुधार लाने में नाकामयाब रहे थे। किशनजी सबसे पहले तेलंगाना संघर्ष समिति में शामिल हुआ था और फिर उसने रेडिकल स्टूडेंट यूनियन-आर.एस.यू. बनाया। सन् 1977 में करीमनगर के जगित्याल और सिरसिल्ला में हुए किसान आंदोलनों में किशनजी की सक्रिय भागीदारी रही थी। ये आंदोलन उन हालातों की निशानी थे जिनके चलते आगे चलकर कुछ वर्षों बाद कोंडापल्ली सीतारमैया के हाथों पीपुल्स वार ग्रुप (पी. डब्ल्यू.जी.) की स्थापना हुई थी। किशनजी पी.डब्ल्यू.जी. का एक संस्थापक सदस्य भी था और पोलित ब्यूरो का सदस्य भी। किशनजी वैसे तो बहुमुखी प्रतिभा का धनी और तकनीकों/प्रौद्योगिकी का जानकार था तथा साथ ही हिंदी, अंग्रेजी, संथाली, बांग्ला, ओड़िया एवं तेलुगु समेत छह भाषाओं में संवाद भी कर सकता था। सन् 1982 से 1986 तक उसने भारतीय कम्युनिस्ट पार्टी (मार्क्सवादी-लेनिनवादी) एवं पीपुल्स वार ग्रुप के सचिव के रूप में काम करते हुए आंध्र प्रदेश में माओवादी आंदोलन को मजबूत बनाया था। इसके बाद उसने अपनी एक अलग दंडकारण्य ईकाई का भी गठन कर लिया था। कहा जाता है कि वह सन् 1992 में पूर्वोत्तर राज्यों में चला गया था और वहाँ उसने अतिवादी समूहों के साथ सक्रियता से जुड़कर काम किया था।

महाराष्ट्र और छत्तीसगढ़ के नक्सल प्रभावित इलाकों में कई साल आतंक फैलाने के बाद, सन् 2000 में यह सुनने में आया था कि किशनजी पश्चिम बंगाल आ चुका है और झारखंड की सीमा से सटे जंगल-महल इलाके में सक्रिय है। जंगल-महल का शाब्दिक अर्थ होता है, 'जंगल में स्थित

भूसंपत्ति' और यह वो इलाका था जिसे ब्रिटिश हुकूमत के कब्जेदारों ने और कुछ स्थानीय रसूखदारों ने विकसित किया था। भौगोलिक दृष्टि से यह क्षेत्र बीरभूम, बंकुरा, मिदनापुर और छोटा नागपुर की पहाड़ियों के बीच स्थित है। यह क्षेत्र जंगल-तराई (Jungle Terry) के रूप में भी जाना जाता है, जिसका मतलब होता है एक ऐसा क्षेत्र जहाँ घने जंगल हों और जनजातियों का वास हो, जैसे यहाँ संथाल जनजाति निवास करती है। सन् 2004 माओवादी जगत् में एक बहुत बड़े पुनर्गठन का साक्षी रहा था, जब पी.डब्ल्यू.जी. और मायोइस्ट कम्यूनिस्ट सेंटर ऑफ इंडिया (एम.सी.सी.आई.) का आपस में विलय हो गया था। इस पुनर्गठन में किशनजी का बहुत बड़ा हाथ था। इस बीच सरकार ने लाल-गलियारे में नक्सलियों पर नकेल कसने के लिए घातक अभियान शुरू कर दिए थे। इस पर नक्सलियों की ओर से हिंसक प्रतिक्रियाएँ आने लगी थीं। कहा जाता है कि वह किशनजी ही था जिसने सन् 2010 में सिल्दा कैंप पर हुए हमले की योजना बनाई थी और इसे क्रियान्वित भी किया था, जिसमें ईस्टर्न फ्रंटियर राइफल्स के 24 जवान शहीद हो गए थे। सन् 2009 से 2011 के बीच नक्सलियों ने जमकर आतंक फैलाया। इस दौरान 350 आम नागरिक और 50 सुरक्षाकर्मी मारे गए, जबकि सुरक्षा बलों के द्वारा 80 से ज्यादा माओवादी भी मार गिराए गए थे।

शाम के 4 बज चुके थे और सुरक्षा बलों का यह संयुक्त दल निर्धारित स्थान पर पहुँच चुका था। यहाँ पहुँचते ही अधिकारी अपने-अपने जवानों के साथ मिलकर पूर्व-नियोजित ढंग से अलग-अलग समूहों में बँट गए और घेराबंदी के लिए तैयार हो गए। अब उन्हें बेहद सावधान रहना था। इस समय वे लोग खुशबनी के जंगलों के बाहरी किनारे पर थे। आगे बुरीसोल नामक एक और छोटा सा गाँव था, जहाँ कुछ खेत और छोटे तालाब आदि विद्यमान थे। नागेंद्र का पुराना तर्जुबा यही कह रहा था कि यह जगह नक्सलियों के छिपने के लिए एकदम माकूल थी। यदि गौर से सोचा जाए तो यह एक ऐसा गाँव था, जो बिल्कुल एक घने जंगल के छोर पर बसा था और नक्सलियों के लिए वहाँ से भाग निकलना बेहद आसान था।

तभी अचानक, उनके साथी सिपाही एस. श्रीनू ने अपना हाथ ऊपर उठाया। इस इशारे का मतलब था कि उसने किसी को देख लिया था और वह सबको आगाह कर रहा था। जल्द ही वे लोग सुनियोजित तरीके से छोटे-छोटे समूहों में बँट गए। नागेंद्र को मध्य में मौजूद दल का नेतृत्व करना था, वहीं विनोज दाहिनीं ओर से अपनी टुकड़ी को लेकर घेराबंदी कर रहे थे। बाईं ओर से पश्चिम बंगाल पुलिस के जवानों के साथ राजौरिया मोर्चा सँभाले हुए थे। इसके बाद इन टुकड़ियों ने आगे बढ़ते हुए संदिग्धों को घेरने की ठानी। नागेंद्र की टुकड़ी संदिग्धों के बहुत नजदीक पहुँच चुकी थी। नागेंद्र उन्हें साफ-साफ देख सकते थे और वे लोग देखने में आम गाँववालों की तरह ही लग रहे थे। यकायक, गोलियों की आवाज ने देर शाम के उस सन्नाटे का भंग कर दिया। उन संदिग्धों ने अचानक अपने स्वचालित हथियार खोल दिए थे और भागते हुए अंधाधुंध गोलियाँ बरसा रहे थे। नागेंद्र ने जरा भी देरी नहीं की और उस संदिग्ध आदमी को गोलियों से भून दिया, जिसने यह खूनखराबा शुरू किया था। वह नक्सली वहीं ढेर हो गया। तब तक उसके साथी शाम के गहराते अँधेरे का फायदा उठाकर वहाँ से भाग निकलने की जी-तोड़ कोशिश करने लगे। राजौरिया और विनोज ने अपने-अपने जवानों के साथ उनका पीछा किया। आगे जाकर उन्हें एक बैलगाड़ी में सवार चार गाँववाले दिखाई दिए, जो नक्सलियों के बारे में कुछ भी बताने को राजी नहीं हुए। नक्सलियों की जानलेवा धमकियों से डरे-सहमे ग्रामीण पहले अपनी जान की परवाह करने लगते थे और किसी को कुछ नहीं बताते थे।

जब गोलीबारी थमी तो सीआरपीएफ की टुकड़ियाँ फिर एकत्र हो गईं। मारे गए नक्सली की सावधानीपूर्वक तलाशी ली गई। उसकी ऑटोमेटिक राइफल, कानों की मशीन और एक टूटा हुआ दाँत इस बात की गवाही दे रहा था कि वह किशनजी ही था। इसके बाद स्थानीय प्रशासन को सूचना दी गई और उसके शव को पूरे एहतियात के साथ झारग्राम अस्पताल में भेज दिया गया। बाद में उसके शव की शिनाख्त उसकी सहयोगी रही सोमा मंडी और एक पुलिस अधिकारी अतिंद्रनाथ दत्ता ने भी की, जिन्हें सन् 2009 में

नक्सलियों द्वारा बंदी बना लिया गया था। तदुपरांत उस अभियान को समेटने में बाकी का सारा दिन निकल गया। नागेंद्र और उनकी टीम ने उस रात उसी गाँव में ठहरना उपयुक्त समझा।

जैसे ही नागेंद्र घास-फूस से बने बिछौने पर लेटे, उन्हें याद आया कि वह आज अपने परिवार से बात करना भूल गए थे और उन्हें लगा कि उनका परिवार उनकी चिंता कर रहा होगा। फिर वह अपने इस ख्याल के बेतुकेपन पर खुद ही मुसकरा दिए, क्योंकि उन्हें याद आ गया था कि मोबाइल कनेक्टिविटी अब तक देश के इस हिस्से में पहुँच नहीं सकी थी। लेटे-लेटे नागेंद्र ख्यालों-ही-ख्याओं में अतीत की उन राहों पर चल पड़े जो उन्हें ग्रामीण भारत के इन जंगलों की तरफ ले आई थीं। नागेंद्र का जन्म उत्तर प्रदेश के चंदौली जिले के खर्रा नामक स्थान पर निवासरत एक बड़े संयुक्त परिवार में हुआ था। उनका परिवार जमीन से जुड़ा परिवार था, जिसमें नैतिक मूल्यों का महत्त्व दुनिया की किसी भी चीज से कहीं ज्यादा था। खर्रा, चंदौली जिले की सकलडीहा तहसील के अंतर्गत आता है। इस कस्बे में 100 से भी कम घर हैं और यहाँ का समुदाय बेहद सुगठित समुदाय है। उनके पिता उत्तर प्रदेश के सिंचाई विभाग में इंजीनियर थे। अकसर उनका तबादला होता रहता था और इसीलिए नागेंद्र का बचपन कई सारी जगहों और दोस्तों की मीठी-मीठी यादों से भरा हुआ था। वैसे तो बचपन में नागेंद्र एक जिज्ञासु बच्चे थे, लेकिन स्कूल जाने की बात पर अपना पुरजोर विरोध दर्ज किया करते थे। उनका परिवार उन्हें देवरिया के सरस्वती शिशु मंदिर में दाखिल करवाना चाहता था। यह बात उन्हें बहुत नागँवार गुजरती थी और वह इसे बहुत ही तकलीफदेह समझते थे। स्कूल के नाम से रोनेवाले इस बच्चे को बहला-फुसलाकर स्कूल में रोके रखना बड़ा मुश्किल काम था। फिर उनसे दस वर्ष बड़ी बहन ने एक दिन उन्हें समझाने की कोशिश की और कहा कि स्कूल में उन्हें उनके बहुत सारे सवालों के जवाब मिल जाएँगे। उनकी बहन ने उन्हें बताया कि सरस्वती ज्ञान की देवी हैं और वे उन्हें ढेर सारी बुद्धि का वरदान देंगी। फिर बहन ने उनसे एक नई बात साझा की और उन्हें देवरिया नगर के नाम के अर्थ के बारे

में बताया। उन्होंने कहा कि इस शब्द 'देवरिया' का अर्थ 'मंदिरों का नगर' होता है। नागेंद्र आज भी उन यादों को सोचकर मुसकरा देते हैं कि बचपन में उन्हें किस तरह से बमुश्किल स्कूल भेजा जाता था। इसके बाद कई शहरों में उनके स्कूल बदलते रहे थे, लेकिन आज भी वह पहला स्कूल उनके लिए बेहद खास था। आज भी वह अपनी बहन को ज्ञान का अथाह सागर कहा करते हैं।

आगे चलकर उन्होंने इलाहाबाद के काली प्रसाद इंटर कॉलेज में दाखिला लिया था। यह वह कॉलेज था जिसकी स्थापना सन् 1871 में विशेष तौर पर कास्यथों को उत्कृष्ट शिक्षा प्रदान करने के उद्देश्य से की गई थी। सन् 1920 में ब्रिटिश सरकार ने सर हरकोर्ट बटलर की अगुवाई में इस कॉलेज को अपने आधिपत्य में ले लिया था। इस इंटर कॉलेज के गलियारों में टहलते हुए नागेंद्र को यहाँ की परंपराओं में इतिहास की झलक दिखाई देती थी। इस माहौल ने युवा नागेंद्र के मन पर गहरा प्रभाव डाला था। इसी कॉलेज में अध्ययनरत रहते हुए नागेंद्र को क्रिकेट के खेल से बहुत लगाव हो गया था। वह एक धुरंधर बल्लेबाज थे और अकसर क्रिकेट के टूर्नामेंट आयोजित करवाते रहते थे। किक्रेट का भगवान् कहे जानेवाले सचिन तेंदुलकर और उनके अंदाज का नागेंद्र ने उन दिनों खूब अनुकरण किया था। उस रात देश के एक सुदूर हिस्से में जंगलों के बीच एक तकलीफदेह बिछौने पर पड़े नागेंद्र के मन को तेंदुलकर के वे कारनामे बेहद सुकून दे रहे थे, जिनसे लाखों भारतीय आनंद-विभोर हो जाते थे। वह सोच रहे थे कि काश वह एक दिन तेंदुलकर को इन सब अनुभवों के बारे में बता पाते।

इंटर कॉलेज के बाद उन्होंने पूर्वांचल यूनिवर्सिटी से पत्राचार पाठ्यक्रम के माध्यम से अपनी डिग्री पूरी करने का निर्णय लिया था। दरअसल वह अब केंद्रीय सशस्त्र पुलिस बलों के लिए आयोजित की जानेवाली प्रतियोगिता परीक्षा की तैयारियों में अपना ध्यान लगाना चाहते थे। संघ लोक सेवा आयोग द्वारा हर वर्ष आयोजित की जानेवाली यह परीक्षा काफी कठिन होती है। इसमें एक लिखित परीक्षा ली जाती है और फिर शारीरिक दक्षता परीक्षण भी किया

जाता है ताकि अभ्यर्थियों की शारीरिक क्षमताओं को आँका जा सके, जो आनेवाले समय में की जानेवाली कठिन ड्यूटियों के लिए बेहद जरूरी होता है। इसके बाद अभ्यर्थियों का चिकित्सा परीक्षण किया जाता है तथा फिर चयनित अभ्यर्थियों को साक्षात्कार-समिति के समक्ष उपस्थित होना होता है। नागेंद्र ने दूसरी कोशिश में इस परीक्षा को उत्तीर्ण कर लिया था और सन् 2009 में सीआरपीएफ अकादमी में प्रशिक्षण हेतु उपस्थित हो गए थे। एक वर्ष बाद ज्ञान से प्रकाशित व्यक्तित्व लिये और शारीरिक रूप से पहले से कहीं ज्यादा सबल नागेंद्र ने सबसे पहले नौहट्टा, श्रीनगर में अपनी ड्यूटी सँभाली थी। अकादमी में प्राप्त प्रशिक्षण के दौरान ऐसे स्थानों पर विद्यमान परिस्थितियों का सामना करने के लिए उन्हें कुछ भी अलग नहीं सिखाया गया था। हालाँकि प्रशिक्षण के दौरान उन्हें जमीनी लड़ाई की तरकीबों (फील्ड-क्राफ्ट), भीड़-नियंत्रण आदि के बारे में पढ़ाया गया था और विभिन्न सुरक्षा हालातों से जुड़ी ऐतिहासिक पृष्ठभूमि से भी परिचित करवाया गया था। लेकिन इसमें कोई दो राय नहीं थी कि मैदान में सुरक्षा-हालातों से जूझते हुए तेज दिमाग, फुरती और समाज के साथ पहचान जैसे गुणों की सख्त आवश्यकता होती है। यहाँ यह भी समझने की सख्त जरूरत होती है कि आखिर भीड़ का मकसद क्या है और सही मायनों में उसी हिसाब से बल-प्रयोग किया जाना चाहिए। नागेंद्र के लिए वहाँ सीखने को बहुत कुछ था क्योंकि हर दिन एक नई चुनौती लिये खड़ा होता था। अब उन्हें अकादमी में 52 सप्ताह के कठिन प्रशिक्षण के दौरान किए गए परिश्रम का महत्त्व पता चल गया था। कुशाग्र बुद्धि के अधिकारी नागेंद्र ने बहुत ही जल्द खुद में वो सब खूबियाँ शामिल कर लीं जो उन्हें आनेवाले सालों में बेहद मदद देनेवाली थीं।

वह सन् 2010 की बात है, जब सीआरपीएफ चुन-चुनकर नवगठित कोबरा बटालियन में अधिकारियों और जवानों को शामिल कर रही थी। इस विशेष फोर्स का गठन मध्य भारत में नक्सली समस्या का मुकाबला करने के उद्देश्य से किया गया था। इस बीच, नागेंद्र को कोबरा बटालियनों के लिए चुना गया था और उन्हें कोयंबटूर स्थित सीआरपीएफ के प्रशिक्षण

महाविद्यालय में तीन महीने का सख्त प्रशिक्षण प्राप्त करना था। इस प्रशिक्षण के बाद हर प्रशिक्षु जंगल में जानलेवा मुसीबतों के बीच जीना सीख जाता है। अपना प्रशिक्षण सफलतम रूप से पूर्ण करने के बाद नागेंद्र ने फरवरी 2011 में 207 कोबरा बटालियन में रिपोर्ट किया था।

उस रात एक चुभनभरे बिस्तर पर गहरी नींद सोने के बाद नागेंद्र जब उठे तो सुबह के साथ एक ऐसा दिन उनके सामने था जिसमें फिर से बेहद थका देनेवाली गतिविधियाँ शामिल थीं। तब तक सीआरपीएफ और राज्य पुलिस के वरिष्ठ अधिकारी भी हवाई मार्ग से वहाँ पहुँच चुके थे। वाकई में किशनजी को मार गिराना एक बहुत बड़ी उपलब्धि थी और उस पर से इस साफ-सुथरे सुरक्षा अभियान की चहुँओर सराहना भी हो रही थी। सभी लोग असल जानलेवा खतरे के सामने नागेंद्र की बहादुरी, साहस, नेतृत्व-क्षमता और मानसिक सजगता की बहुत तारीफ कर रहे थे। काफी देर बाद नागेंद्र अपने परिवार से बात कर सके। अब तक उनके परिवारवालों को भी मीडिया में इस अभियान का व्यापक प्रचार होने के कारण घटना की पूरी जानकारी मिल चुकी थी।

सन् 2012 के स्वतंत्रता दिवस के अवसर पर इस वीर अधिकारी को शांतिकाल के वीरता पुरस्कार शौर्य चक्र से सम्मानित किया गया। निजी जिंदगी की बात की जाए तो नागेंद्र ने अपने साथ प्रशिक्षणाधीन रही अपनी साथी, एक सीआरपीएफ अधिकारी, मनीषा पाठक से जून 2012 में विवाह कर लिया था। 23 मार्च, 2013 को राष्ट्रपति भवन में आयोजित एक भव्य सैन्य अलंकरण समारोह में मनीषा अपने पति के साथ आई थीं, जहाँ भारत की सशस्त्र सेनाओं के सर्वोच्च सेनापति, माननीय राष्ट्रपतिजी ने नागेंद्र को शौर्य चक्र से अलंकृत किया था।

लेकिन नागेंद्र को आत्मीय संतोष लगभग एक वर्ष बाद मिल सका। सन् 2014 में सीआरपीएफ ने दिल्ली में अपने शहीदों के सम्मान में एक हाफ-मैराथन दौड़ आयोजित की थी, जिसमें नागेंद्र भी हिस्सा ले रहे थे। सौभाग्य से सचिन तेंदुलकर इस आयोजन के मुख्य आतिथि थे। उस दिन नागेंद्र की

दिली-ख्वाहिश पूरी हो गई थी, जब वह अपने आदर्श और लाखों दिलों की धड़कन सचिन तेंदुलकर से मिले थे। उस दिन शौर्य चक्र विजेताओं से मिलकर सचिन तेंदुलकर खुद भी विनम्रतापूर्वक अभिभूत थे।

आज नागेंद्र फिर से छत्तीसगढ़ के नक्सल प्रभावित इलाके में लौट चुके हैं और वहाँ तैनात सीआरपीएफ की 231वीं बटालियन में पदस्थ हैं। वह अपने अनुभवों और अर्जित ज्ञान से उन युवा अधिकारियों का मार्गदर्शन करते हैं जिन्होंने इलाके में शांति-व्यवस्था बहाल करने का प्रण लिया है।

□

विद्या विवादाय धनं मदाय, शक्तिः परेषां परिपीडनाय।
खलस्य साधोः विपरीतम् एतत्, ज्ञानाय दानाय च रक्षणाय।।

अगर स्वभाव से कोई दुष्ट है, तो विद्या का प्रयोग व्यक्ति विवाद में, धन का प्रयोग घमंड में और ताकत का प्रयोग दूसरों को तकलीफ देने में करता है। लेकिन सज्जन की विद्या, ज्ञान के लिए, धन मदद के लिए और ताकत रक्षा करने के लिए इस्तेमाल होती है।

निर्भय नरसिंह

विनोज पी. जोसेफ

गोलीबारी थमते ही, विनोज जोसेफ उस हलकी सी आड़ से बाहर आ गए और अपने आसपास के इलाके का मुआयना करने लगे। वहाँ भयानक सन्नाटा पसरा था। और तो और पंछी भी खामोश हो गए थे। फिर विनोज अपने साथी जवान की ओर बढ़ गए, जो वहीं पास में उन्हीं की तरह दीमक एक की पहाड़ी की आड़ से मोर्चा सँभाल रहा था। इसके बाद वह दोनों एक साथ धीरे-धीरे रेंगते हुए उस लाश की तरफ बढ़ने लगे, जो खेत के बीचों-बीच पड़ी हुई थी। यह उसी नक्सली की लाश थी जो कुछ क्षणों पहले अपने स्वचालित हथियार से उन लोगों पर गोलियाँ बरसा रहा था। सामने के खेतों में खड़ी फसल शांत भाव से ऐसे लहलहा रही थी, जैसे यहाँ कुछ भी घटित न हुआ हो। उनके बाईं ओर से नागेंद्र की टीम ने भी उस तरफ बढ़ना शुरू कर दिया था।

सीआरपीएफ की 207 कोबरा बटालियन के सहायक कमांडेंट, विनोज पी. जोसेफ उस समय पश्चिम बंगाल राज्य में पश्चिमी मिदनापुर के जंगलों में एक बहुत ही खास खुफिया जानकारी के आधार पर चलाए जा रहे नक्सल-विरोधी अभियान में अपनी टीम का नेतृत्व कर रहे थे। इस क्षेत्र को

आम तौर पर जंगल-महल के नाम से जाना जाता था, जो झारखंड राज्य की सीमा पर स्थित था। इसके अलावा यह इलाका नक्सलियों के गढ़ के रूप में भी जाना जाता था। जंगल-महल कभी भी एक परिसीमित क्षेत्र नहीं रहा और यह तथाकथित लाल-गलियारे का हिस्सा भी है। दूर-दूर तक फैले इस क्षेत्र को लाल-गलियारा इसीलिए कहा जाता है क्योंकि इस क्षेत्र में नक्सलवादी एवं माओवादी उग्रवाद अपने चरम पर रहा है। एक तरफ इन क्षेत्रों में जहाँ गरीबी और निरक्षरता पहले से ही अपना कहर बरपा रहे थे, वहीं नक्सलवाद भी आंतक का नया पर्याय बनकर उभरा था, जो आंध्र प्रदेश, बिहार, झारखंड, मध्य प्रदेश, महाराष्ट्र, तेलंगाना, पश्चिम बंगाल और पूर्वी उत्तर प्रदेश के कई हिस्सों में तेजी से अपने पैर पसार रहा था। नक्सलवाद देश के लिए एक ऐसी भयंकर समस्या बनकर उभर रहा था, जो अपने साथ इन क्षेत्रों में कई और मुसीबतों को जन्म देनेवाला था और इससे जूझना देश के लिए सबसे अहम मसला बन गया था। ऐसे में केंद्रीय रिजर्व पुलिस बल को यह जिम्मेदारी सौंपी गई थी वह अपने अधीन एक विशेष फोर्स यानी कॉम्बेट बटालियन फॉर रिसॉल्यूटर एक्शन—कोबरा (COBRA) का गठन करे। विनोज उन पहले अधिकारियों में से एक थे, जिन्हें कोबरा बटालियनों के लिए केंद्रीय प्रशिक्षण महाविद्यालय, कोयंबटूर में चलाए जा रहे गहन प्रशिक्षण के लिए चुना गया था। तीन महीनों का यह प्रशिक्षण-कार्यक्रम मूल रूप से जंगल में दुश्मनों से लड़ने और जमीनी लड़ाई की अत्याधुनिक तरकीबों (फील्ड-क्राफ्ट) पर आधारित था। प्रशिक्षण में इस बात पर विशेष जोर दिया गया था कि ये कमांडो जंगली इलाकों की मुश्किलों से जूझते हुए वहाँ जो भी मिले, उस पर अपना निर्वाह करने में समर्थ बन सकें, ताकि दुश्मनों को उन्हीं की भाषा में मुँहतोड़ जवाब दिया जा सके। केरल के कोट्टायम में जनमे विनोज के लिए यह एक बिल्कुल नया अनुभव था। हालाँकि वह शारीरिक दृष्टि से हमेशा चुस्त-तंदरूस्त रहे थे, लेकिन इस प्रशिक्षण ने उन्हें और भी ज्यादा सबल बना दिया था। शरीर के साथ-साथ वह मानसिक दृढ़ता के महत्त्व को भी बेहतर समझते थे। सच कहें तो उनकी यही खासियत आज

इस महत्त्वपूर्ण अभियान में उनके बहुत काम आ रही थी।

आज सुबह ही विनोज तीन दिन तक चले एक बेहद थका देनेवाले एरिया-डॉमिनेशन अभियान से लौटे थे और आते ही उन्हें आज ही चलाए जानेवाले इस बेहद खास नक्सल विरोधी अभियान की जानकारी मिली थी। जाहिर तौर पर, खुफिया सूत्रों ने बताया था कि उस इलाके में 4-5 कुख्यात नक्सली छिपे हुए थे। आलोक राजौरिया उस समय झारग्राम के अतिरिक्त पुलिस अधीक्षक थे और वह इस संयुक्त सुरक्षा अभियान में अपने जवानों को लेकर कोबरा की टीम के साथ चलने को तैयार थे। उनके साथी अधिकारी, सहायक कमांडेंट, नागेंद्र थोड़े शंकास्पद भी दिख रहे थे, क्योंकि उन्हें अब तक नक्सलियों की सही-सही संख्या का पता नहीं लग पा रहा था। नागेंद्र के आह्वान पर विनोज तुरंत उनके साथ इस अभियान पर चलने के लिए तैयार हो गए थे। इन जांबाजों ने उस संदिग्ध स्थान तक पहुँचने के लिए बिना किसी शोर-शराबे के जंगल के बीच से अपना रास्ता तय किया था, जो बेहद खतरनाक था। नक्सलियों की घेराबंदी भी बड़े ही सुनियोजित ढंग से तब की गई थी, जब उनके एक साथी जवान ने हाथ उठाकर खतरे का संकेत दे दिया था। इसके लिए उनका अभियान दल पहले से ही तय तरीकों से अलग-अलग टुकड़ियों में बँट गया था, जिनमें विनोज दाहिनी ओर की टीम के साथ आगे बढ़ रहे थे। वहीं नागेंद्र मध्य से और राजौरिया बाईं ओर से अपनी-अपनी टीमों को लेकर आगे बढ़ रहे थे। विनोज इशारा करनेवाले उस साथी जवान को तो नहीं देख पाए थे, लेकिन उन्होंने वहाँ खेतों में 3-4 लोगों को चहलकदमी करते जरूर देख लिया था। देर शाम, जब सूरज ढल गया तो अँधेरे की रेखा क्षितिज को घेरती नजर आने लगी। तभी अचानक, उन संदिग्धों में से एक ने अपनी बंदूक बाहर निकाली और इस अभियान दल के सदसयों पर गोलियाँ बरसाना शुरू कर दिया। वे लोग पलभर के लिए तो स्तब्ध रह गए और सनसनाती गोलियाँ उनके आसपास से गुजरने लगीं। फिर पलक झपकते ही सुप्रशिक्षित अधिकारियों और जवानों ने भी जवाबी गोलीबारी शुरू कर दी। कुछ देर तक वहाँ अफरा-तफरी का

माहौल बना रहा। जितनी जल्दबाजी में यह गोलीबारी शुरू हुई थी, उतनी ही तेजी से थम भी गई।

विनोज ने दीमक के एक टीले के पीछे आड़ ले रखी थी और जब वह वहाँ से बाहर आए तो उन्होंने देखा कि नक्सली भाग रहे थे। जरा भी हिचकिचाए बगैर, वह नक्सलियों का पीछा करने लगे और राजौरिया भी उनके साथ हो लिये। यह उस जंगल का बाहरी किनारा था और यहाँ से बुरीसोल गाँव ज्यादा दूर नहीं था। हालाँकि वे भगोड़े नक्सली कुछ ही देर में आँखों से ओझल हो गए, फिर भी ये दोनों उन्हें तलाशने की कोशिश करते रहे। आखिरकार उन्हें कुछ नहीं मिला और जो लोग मिले, वह एक बैलगाड़ी में सवार ग्रामीण थे। उनसे पूछताछ के बाद हताश होकर विनोज और राजौरिया वापस हो लिये और थके कदमों से उस खेत की ओर बढ़ने लगे जहाँ एक नक्सली ढेर हो गया था। तब तक नागेंद्र और उनकी टीम भी वहाँ पहुँच चुकी थी। वहीं पास में गोलियों से छलनी एक शव जमीन पर पड़ा हुआ था, जिसके हाथ में एक स्वचालित बंदूक थी। जब उन लोगों ने उसके कान में लगी सुननेवाली मशीन देखी, तो उन्हें लगा कि यह वही शातिर माओवादी नेता किशनजी होना चाहिए।

इसके बाद सुरक्षा बलों के इस संयुक्त अभियान दल ने उसी गाँव में रात बिताने का मन बना लिया। दरअसल जो खुफिया सूचना मिली थी, उसमें यह भी कहा गया था कि किशनजी इस समय सुचित्रा महतो के साथ इसी इलाके में मौजूद था। दूसरे दिन बाकी के तीन नक्सलियों की तलाश भी की जानी थी।

देर रात विनोज अपनी पत्नी से बात कर पाए थे। उनकी पत्नी उनके मुँह से इस घटना की बात सुनकर घबरा सी गई थीं। सामाचार एजेंसियाँ और मीडिया चैनल इस घटना को दुनियाभर में प्रसारित कर रहे थे। किशनजी माओवादियों का कद्दावर नेता था और उसका मारा जाना सुरक्षा बलों के लिए बहुत बड़ी सफलता थी। विनोज की शादी को अभी दो साल ही हुए थे और इस तरह उनकी पत्नी के लिए सीआरपीएफ और उसके काम से

जुड़े खतरों की जानकारी एकदम नया अनुभव था। पहले तो उन्हें विनोज की सलामती की राहत पाकर रोना आ गया और फिर उनके यही आँसू गर्व के अश्रुओं में बदल गए। विनोज ने दूसरा फोन अपनी माँ को लगाया। बंगाल के इन जंगलातों से कई मीलों दूर श्रीमती जोसेफ ममता और वात्सल्य से झलक पड़ी थीं। वह केरल में त्रिशूर जिले के उल्लार नामक छोटे से नगर में होली एंजल स्कूल में अंग्रेजी पढ़ाया करती थीं। बहादुरी और साहस की जो सीख उन्होंने अपने बच्चों को दी थी, आज वह फलीभूत हो गई थी। उनके पति एर्नाकुलम में काम करते थे और उन्होंने अपने तीन बच्चों को बड़े ही प्यार और अनुशासन के साथ अकेले ही पाल-पोसकर बड़ा किया था। जब विनोज ने सन् 2003 में सीआरपीएफ उप-निरीक्षक के पद पर में सेवा की इच्छा जाहिर की थी तो उन्होंने खुशी-खुशी विनोज को अपना आशीर्वाद प्रदान कर दिया था। एक साल के प्रशिक्षण के बाद, सन् 2004 में विनोज को प्रथम तैनाती पर आतंकवाद-ग्रस्त जम्मू-कश्मीर राज्य में भेज दिया गया था। इसके बाद वह कुछ समय के लिए कोकराझार, असम में तैनात रहे। निरीक्षक के पद पर अपनी पहली पदोन्नति हासिल करके वह एक बार फिर कश्मीर के सोपोर में तैनात हो गए। ज्ञानार्जन और आगे बढ़ने की ललक ने उन्हें कभी थमने नहीं दिया और उन्होंने ड्यूटियों की व्यस्तता के बावजूद अपनी मेहनत व लगन से राजपत्रित अधिकारी बनने के लिए विभागीय परीक्षा भी उत्तीर्ण कर ली। इसके बाद जल्द ही उनका चयन कोबरा बटालियन के लिए कर लिया गया। आज उनकी माँ उनके बचपन से जुड़ी बहुत सी बातें याद कर रही थीं; उन्होंने अपने बेटे को इस उपलब्धि के लिए ढेर सारा आशीष दिया और मन-ही-मन अपने बेटे की सलामती की दुआएँ माँगीं।

शौर्य चक्र शांतिकाल के दौरान बहादुरी और अदम्य साहस के प्रदर्शन को सम्मानित करने के लिए प्रदान किया जाता है। यह पदक उन भयावह हालातों में दिखाए गए साहस का सच्चा प्रतिमान है, जिनमें कोई आम आदमी हिम्मत हार बैठता है। विनोज ने खतरनाक परिस्थितियों के दवाब में भी अपने फौलादी इरादों का परिचय दिया था और नक्सली खतरे के सामने निडर

होकर कर्तव्य-पथ पर आगे बढ़ने की तत्परता दिखाई थी। राष्ट्रपति भवन के अशोक सभागार में विनोज पी. जोसेफ को भारत के राष्ट्रपति श्री प्रणब मुखर्जी द्वारा शौर्य चक्र से अलंकृत किया गया। उनकी वीरगाथा सुनकर बजनेवाली अनेक तालियाँ उस समय उनके सामने समूचे देश की कृतज्ञता व्यक्त कर रही थीं।

□

न त्वहं कामये राज्यं न मोक्षं न स्वर्गं नापुनर्भवम्
कामये दुःखतप्तानां प्राणिनामार्तिनाशनम्

मैं राज्य की कामना नहीं करता, मुझे स्वर्ग और मोक्ष नहीं चाहिए। दुःख में पीड़ित प्राणियों के दुःख दूर करने में सहायक हो सकू, यही मेरी कामना है।

आतंक पर अंकुश

प्रकाश रंजन मिश्रा

सितंबर महीने की वह एक ढलती दोपहर थी, जब प्रकाश रंजन मिश्रा अपने आस-पास के ऊँचे-नीचे मैदान को देख रहे थे। दूर-दूर तक फैली हरियाली उनकी आँखों को ठंडक दे रही थी। इस जगह के एकाकीपन और शांति ने उनके मन के भीतर न जाने कितने मनोभावों को दबा रखा था, लेकिन इस वक्त उन्हें इस हरियाली पर नजरें टिकाए रखना बेहद सुकून दे रहा था। तभी मोबाइल फोन की तीखी आवाज ने उन्हें ख्यालों की उस दुनिया से बाहर खींच लिया। फोन पर दूसरी तरफ से आनेवाली आवाज मधुर तो थी, मगर उसमें किसी खतरे का संकेत भी छिपा था। दरअसल उस फोन कॉल पर एक भरोसेमंद खुफिया सूत्र से यह पता चला था कि प्रतापपुर से सटे जुरी-रबड़ा गाँव के बाहर स्थित जंगलों में नक्सलियों की एक टीम मौजूद है।

मिश्रा सीआरपीएफ की 203 कोबरा बटालियन में पदस्थ एक जाबांज अधिकारी थे। इस बटालियन का मुख्यालय हजारीबाग के बारही नामक स्थान पर स्थित था, किंतु उसकी एक कंपनी यहाँ चतरा में तैनात थी। मिश्रा सीआरपीएफ के एक ऐसे काबिल अधिकारी थे, जिन्हें कई मौकों पर

सम्मानित किया जा चुका था। वह उस इलाके के चप्पे-चप्पे से परिचित थे और यही वह कारण था कि सीआरपीएफ ने उन्हें चुनकर इस खतरनाक इलाके में तैनात किया हुआ था। कुछ सोचते-सोचते मिश्रा अपनी यूनिट के कमान-केंद्र तक आ पहुँचे थे। वह इलाका जहाँ नक्सलियों के मौजूद होने की खबर थी, उनकी यूनिट से काफी दूर स्थित था और ऐसे में उनके लिए समय ही सबसे अधिक महत्त्वपूर्ण था। वहीं इस मिशन की गोपनीयता भी अत्यधिक महत्त्ववपूर्ण थी, जिसे ध्यान में रखते हुए बिना देरी किए और सामरिक दृष्टि से बड़े ही सोचे-समझे तरीकों से वहाँ से अविलंब कूच करने की आवश्यकता थी और वह भी ऐसे कि किसी को इस मिशन की कानों-कान खबर न लगे। मिश्रा जानते थे कि यह मिशन काफी जोखम भरा था। उन्होंने अपने विश्वासपात्र अधकारियों को बुलवा लिया था और इस सूचना को आवश्यकता के अनुरूप आंशिक रूप से ही उन अधिकारियों के साथ साझा किया था। इसके पीछे उनके मन में यही मूल-मंत्र था—'जितनी जरूरत, उतनी जानकारी'।

उनके नेतृत्व में अधिकारियों ने 26 कोबरा कमांडों की एक सुगठित टीम बहुत जल्द तैयार कर ली। पुलिस थाना प्रतापपुर के एस.डी.पी.ओ. भी झारखंड पुलिस के 4 जवानों के साथ उनकी टीम में शामिल हो गए। कुछ ही क्षणों में उनकी टीम कूच करने को तैयार खड़ी थी। उन्होंने एक ट्रक में बैठकर गंतव्य तक जाना उपयुक्त समझा, क्योंकि इससे किसी तरह का शक पैदा होने की संभावनाएँ बेहद कम नजर आ रही थीं। इस समय तक रात का अँधेरा छाने लगा था।

अभी उन्हें लंबा सफर तय करना था, क्योंकि वे लोग चतरा से हंटरगंज होते हुए हजारीबाग जाने वाले थे। चतरा जिला हजारीबाग के पठारों का ही एक हिस्सा है। यहाँ की भूमि भले ही उपजाऊ है, लेकिन जहाँ तक कृषि का सवाल है, यह पूरी तरह से वर्षा पर ही निर्भर है। जहाँ एक ओर इस जिले की 60% भूमि वनों से आच्छादित है, वहीं इस क्षेत्र को प्राकृतिक संसाधनों का वरदान भी प्राप्त है। इसके बावजूद यहाँ के उद्योग विकास को तरसते

रहते हैं। इस जिले की 75% जनसंख्या गरीबी रेखा के नीचे जीवनयापन करती है। दूसरी ओर यह क्षेत्र नक्सलवाद की समस्या से भी ग्रसित रहा है और इस इलाके में नक्सलियों के प्रशिक्षण शिविर और जन-अदालतों का आयोजन एक आम बात रही है। इसीलिए तो कोबरा बटालियन को माओवादी चुनौती का मुकाबला करने के लिए यहाँ भेजा गया। कोबरा ने अपने गठन के बाद से जहाँ एक ओर कई क्षेत्रों में सफलता हासिल की थी, वहीं अब भी बहुत सी भूमि नक्सलियों के कब्जे से छुड़ाना बाकि था। सन् 2012 तक चतरा, झारखंड के 14 सबसे ज्यादा नक्सल प्रभावित जिलों में से एक था।

जिस समय वह ट्रक ऊँचे-नीचे इलाके में सर्पाकार मार्ग पर आगे बढ़ रहा था, मिश्रा बाहर के दृश्य को देख रहे थे और अपने पूर्वजों की भारत-भूमि को देख इस बात पर मन-ही-मन आश्चर्य कर रहे थे कि यह जगह क्या से क्या हो गई थी! मिश्रा जहानाबाद से सटे एक छोटे से गाँव में जनमे थे। उनके पिता एक स्थानीय स्कूल में हैडमास्टर थे और शिक्षा पर हमेशा बहुत जोर दिया करते थे। आज भी मिश्रा एक ऐसे बुद्धिजीवी हैं, जो यह मानते हैं कि शिक्षा हर परिस्थिति में एक अचूक वरदान सिद्ध होती है और वह हमेशा कहते हैं कि शिक्षा ही वह माध्यम है, जिससे हर आदमी की जिंदगी बदल सकती है। वह अपने माता-पिता की पाँच संतानों में से तीसरी संतान थे और उन्होंने गांव के ही सरकारी प्राथमिक स्कूल से अपनी शिक्षा आरंभ की थी। इसके बाद वह अमैन गाँव के सरकारी मिडिल स्कूल में पढ़े थे, जो वहाँ से कुछ दूर स्थित था। मेट्रिकुलेशन की पढ़ाई के लिए उन्होंने पंडुई के सरकारी हायर सेकेंडरी स्कूल में दाखिला लिया था। उस समय 800 से भी कम घरों वाले पंडुई गाँव में स्थित यह स्कूल आसपास के कई विद्यार्थियों के लिए शिक्षा का केंद्र था। उस वर्ष बिहार स्कूल शिक्षा परिषद की परीक्षा में केवल 11 प्रतिशत विद्यार्थी ही उत्तीर्ण घोषित किए गए थे। ऐसे परीक्षा परिणाम में उस स्कूल से प्रथम श्रेणी में उत्तीर्ण होने वाले मिश्रा इकलौते छात्र थे और उन्होंने गणित और अंग्रेजी

विषयों में विशेष योग्यता भी हासिल की थी।

इसके बाद पटना शहर उन्हें बुला रहा था। इस तरह मिश्रा राजधानी आ गए, जहाँ उनके बड़े भाई पहले से रह रहे थे और विभिन्न प्रतियोगिता परीक्षाओं की तैयारी कर रहे थे। यहाँ आकर मिश्रा ने पत्राचार पाठ्यक्रम से स्नातक की पढ़ाई करने का मन बनाया, क्योंकि वे ऐसी प्रतियोगिता परीक्षाओं की तैयारी करना चाहते थे, जिनसे उन्हें रोज़गार मिल सके। जल्द ही उनका चयन केंद्रीय रिजर्व पुलिस में उप निरीक्षक के पद पर कर लिया गया और उन्होंने सन् 1997 में कोयंबटूर से अपनी सेवा आरंभ कर दी। इसके बाद उनके कई तबादले होते रहे और वह त्रिपुरा एवं कश्मीर के उपद्रवग्रस्त इलाकों में भी तैनात रहे। जब वे दिल्ली में स्पेशल ड्यूटी ग्रुप में पदस्थ थे तो उन्होंने सहायक कमांडेंट के पद के लिए विभागीय परीक्षा दी। हालाँकि पहली कोशिश में उन्हें सफलता नहीं मिल सकी, किंतु सन् 2002 में उन्होंने यह परीक्षा उत्तीर्ण कर ली। इसके बाद उन्होंने पिंजोर में गहन प्रशिक्षण प्राप्त किया और फिर अगले प्रशिक्षण के लिए उन्हें आंतरिक सुरक्षा अकादमी, माउंट आबू भेज दिया गया। आगे की सेवा के दौरान वह एक बार फिर 136 बटालियन में आ गए, जो उस समय नलबाड़ी और डिब्रूगढ़, असम में तैनात थी। मार्च 2005 में वह कोबरा बटालियन में पदस्थ होकर हजारीबाग, झारखंड आ गए।

ट्रक तेज रफ्तार से अपने लक्ष्य की ओर बढ़ रहा था और मिश्रा उस दिन के बारे में सोच रहे थे, जब उनकी नक्सलियों के साथ पहली मुठभेड़ हुई थी। उस दिन घेराबंदी और तलाशी अभियान के दौरान मिश्रा की टीम पर नक्सलियों ने घात लगाकर हमला किया था। नक्सली खाई खोदकर पहले से मोर्चा सँभाले बैठे थे और उन्हें अचनाक हमले करने का फायदा भी मिल रहा था। सीआरपीएफ की वह टुकड़ी उस दिन मिश्रा के नेतृत्व में ही चल रही थी और इन जांबाजों ने नक्सलियों के दुस्साहस का मुँहतोड़ जवाब दिया था। आखिरकार नक्सली वहाँ से भागने को मजबूर हो गए थे और घटनास्थल से भारी मात्रा में हथियार एवं गोला-बारूद तथा नक्सली

साहित्य बरामद किया गया था। उस मुठभेड़ में विषम परिस्थितियों के बीच मिश्रा द्वारा प्रदर्शित साहस, सूझबूझ और नेतृत्व क्षमता की खूब तारीफ हुई थी और उन्हें शौर्य के लिए पुलिस पदक से सम्मानित किया गया था। इस बीच उनकी यूनिट एक बार फिर नलबाड़ी, असम आ गई थी, हालाँकि अब तक सुरक्षा अभियानों में मिश्रा की महारथ का लोहा माना जाने लगा था। इसीलिए तो झारखंड पुलिस के महानिदेशक की खास सिफारिश और सीआरपीएफ के महानिदेशक के निर्देश पर मिश्रा को वापस झारखंड भेजते हुए सीआरपीएफ की 22वीं बटालियन में पदस्थ कर दिया गया था। इस दौरान 18 अगस्त, 2008 को एक बार फिर से एक खुफिया जानकारी मिली कि वहाँ आसपास नक्सली मौजूद हैं। इस पर मिश्रा और उनके दल ने नोनियाडीह और उससे सटे केरेदारी के जंगलों में सघन तलाशी अभियान चलाया। ऐसे में आम रास्ते पर संभावित खतरों से बचने के लिए वे ऊबड़-खाबड़ जमीन पर चल रहे थे। रास्ते में एक उफनती नदी को पार करने के बाद और घनी झाड़ियों से जूझते हुए आगे बढ़ते-बढ़ते उन्होंने एक मकान में संदिग्ध गतिविधि देखी। वो नक्सली ही थे और इसके बाद दोनों तरफ से भारी गोलीबारी शुरू हो गई, जो देर रात तक चलती रही। इस मुठभेड़ में सीआरपीएफ के जांबाजों ने कालिया उर्फ सुमन माँझी उर्फ परवेज दा को मार गिराया, जो एससीसीआई की मिलिट्री विंग का प्लाटून कमांडर था। इस गोलीबारी में कई अन्य नक्सली भी घायल हो गए और 1 लाख रुपए की नकद राशि के साथ भारी मात्रा में हथियार व गोला-बारूद बरामद किया गया। मिश्रा द्वारा इस घटना में प्रदर्शित उत्कृष्ट शौर्य, अदम्य साहस और उच्च कोटि की कर्तव्यपरायणता के लिए उन्हें 'शौर्य पदक का प्रथम बार (First Bar to Gallantry Medal)' प्रदान किया गया। अभी इस अभियान को कुछ ही दिन हुए थे कि 16 सितंबर, 2008 को उन्हें फिर एक ख़ुफिया सूचना मिली। इससे उन्हें पता चला था कि चतरा के कटकमसांडी पुलिस थाने के अंतर्गत आने वाली सीमावर्ती इलाके में कृष्णा यादव समूह के सीपीआई(एम) कार्यकर्ताओं की हलचल देखी

गई थी। इस इलाके के जंगलों में मिश्रा और उनके साथियों ने सारी रात चहलकदमी की और फिर वे भोर होने का इंतजार करने लगे। अचानक, भारी हथियारों से लैस नक्सलियों ने उनके दल पर दोनों तरफ से गोलीबारी शुरू कर दी। इसके बाद उनकी नक्सलियों के साथ एक भीषण मुठभेड़ हुई, जिसमें सीआरपीएफ के जांबाज मिश्रा के नेतृत्व में मैदान में डटे रहे। इस मुठभेड़ में मिश्रा के बेमिसाल नेतृत्व, बौद्धिक-तत्परता तथा अदम्य साहस के लिए उन्हें 'शौर्य पदक का द्वितीय बार (Second Bar to Gallantry Medal)' प्रदान किया गया।

तभी अचानक चलते हुए ट्रक ने एक झटका लिया और मिश्रा अपने विचार-मंथन से बाहर आ गए। उसी पल उनको महसूस हुआ कि गाड़ी का ऐसे रूक जाना कुछ ठीक नहीं था। ट्रक ड्राइवर तुरंत कूदकर ट्रक से नीचे आ गया और ट्रक के इंजन की जाँच करने लगा। उसने कई बार कोशश की लेकिन ट्रक टस से मस न हुआ। वे लोग यहाँ अपना वक्त बरबाद नहीं कर सकते थे। मिश्रा ने इस सुनसान रास्ते पर आनेवाली अगली गाड़ी को रोकने का पूरा मन बना लिया था। वह देर रात का वक्त था और वहाँ यातायात लगभग न के बराबर हो चला था। तभी क्षितिज के कोने से आती हुई एक मिनी बस उन्हें दिखाई दी और फिर यह अभयान दल उस मिनी बस में सवार होकर गंतव्य की ओर बढ़ गया। दरअसल हुआ यूँ कि उस मिनी बस में सबको बैठाने की जगह नहीं थी और मिश्रा अगले वाहन का इंतेजार भी नहीं कर सकते थे; और न ही अपने ट्रक के सुधरने तक वहाँ रुक सकते थे। इसलिए उन्होंने यह निर्णय लिया कि कोबरा के केवल 21 जवान और झारखंड पुलिस के 4 जवान उनके साथ इस अभियान पर आगे जाएँगे।

उस समय रात का डेढ़ बजा था, जब यह दल मुखबिर द्वारा बताए गए स्थान पर पहुँचा। इस बीच एक और बड़ी बात यह हो गई थी कि उनकी उस मुखबिर से दोबारा बात नहीं हो पा रही थी। इस समय उससे बात करना बहुत जरूरी था, क्योंकि अब वे लोग एक घने जंगल में थे,

जहाँ बहुत ही कम आबादी थी। यहाँ होने वाला कोई भी नक्सली हमला जानलेवा सिद्ध हो सकता था। उन्होंने एक बार फिर उस मुखबिर से बात करने की कोशश की, लेकिन बात न हो सकी। तभी मिश्रा को उस मुखबिर के भाई की याद आई और उन्होंने उसे अपने साथ ले लिया। वह जानते थे कि उसका भाई उन लोगों की काफी मदद कर सकता है। आखिर मुखबिर का भाई उनके दल को जंगल के भीतर एक वृक्षहीन स्थान पर ले गया, जहाँ से कुछ ही दूर स्थित एक सूने मकान की अँधेरे में दिख रही आकृति पर निगरानी रखी जा सकती थी। उस समय वहाँ घुप्प अँधेरा था और दूर से आ रही जंगल की आवाजों के अलावा कुछ भी सुनाई नहीं दे रहा था। जांबाज मिश्रा को लगा जैसे उस रात कुछ बड़ा घटित होने वाला था। यहाँ अपना स्थान लेने के बाद उनके दल ने उस मकान पर पैनी नजर रखने की ठानी थी। ऐसे में अँधेरा उनके लिए दिक्कत पैदा कर रहा था। और तो और घुप्प अँधेरे में नाइट-विजन डिवाइज भी उनकी कोई मदद नहीं कर पा रहे थे। अचानक उस मकान के आसपास कुछ हलचल दिखाई दी और वहाँ से एक महिला एवं बच्चा बाहर आता नजर आया। मिश्रा ने अपने साथियों को वहीं-के-वहीं थम जाने का इशारा किया। उन्होंने कोई हरकत करना मुनासिब नहीं समझा, क्योंकि वह इस मुठभेड़ में किसी आमजन के प्राणों की क्षति या नागरिक संपत्ति को कोई नुकसान पहुँचाना नहीं चाहते थे। मिश्रा यह मानते थे कि आम जनता नक्सलियों और सुरक्षा बलों के बीच बेवजह पिस रही थी। इसलिए वे किसी भी कीमत पर नागरिक संपत्ति को कोई भी नुकसान पहुँचाने के पक्ष में नहीं थे।हालाँकि कुछ ही क्षणों में वह महिला आँखों से ओझल हो गई और तभी मुखबिर ने फोन पर उन्हें बताया कि उस मकान के भीतर 15 नक्सली छिपे बैठे थे। मिश्रा ने अपने साथियों से कहा कि वे इस मकान पर और पैनी नजर रखें और खासतौर पर यह देखने की कोशिश करें कि क्या वहाँ नक्सलियों का कोई पहरेदार भी है? लेकिन उनके साथियों को वहाँ ऐसा कुछ भी नजर नहीं आया।

इसके बाद मिश्रा ने आगे बढ़कर कार्रवाई करने का मन बना लिया।

उनका दल तत्काल पहले से निर्धारित तरीके के अनुसार तीन टुकड़ियों में बँट गया। इनमें से दो टुकड़ियों ने उस स्थान को बाईं एवं दाईं तरफ से घेरना शुरू किया और तीन लोग बीच से आगे बढ़े। मध्य से मिश्रा अपने दाईं ओर सिपाही बलिहार और बाईं और सिपाही बुनकर को साथ लेकर आगे बढ़ रह थे। दबे कदमों से वे लोग उस मकान के नजदीक जा पहुँचे। उनके पहुँचने तक वहाँ कोई हलचल दिखाई नहीं दे रही थी। वहाँ पहुँचने पर ही वे लोग एक सोए हुए नक्सली पहरेदार को देख पाए, जिसकी शायद वहाँ रखवाली करते-करते आँख लग गई थी। फिर अचानक वह नक्सली पहरेदार जाग उठा और सुरक्षा कर्मियों को देखकर गोलियाँ बरसाने लगा। वह नक्सली बहुत ही नजदीक से गोलियाँ चला रहा था। मिश्रा ने महसूस किया कि गोलियाँ सनसनाती हुए उनके आसपास से गुजर रही थीं। फिर क्या था, मिश्रा ने जरा भी देर न की और उसे गोलियों से भून दिया। देखते-ही-देखते वो नक्सली पहरेदार हाँफते हुए जमीन पर ढेर हो गया। इसके बाद मिश्रा की दाहिनी ओर से भी गोलियाँ बरसने लगीं और उन्होंने अपनी गरदन पर कुछ गर्म रिसाव सा महसूस किया। उनकी हँसुली में बहुत तेज दर्द हो रहा था। मिश्रा समझ गए कि उन्हें गोली लग चुकी है। लेकिन उनके पास सोचने का वक्त ही कहाँ था! वहाँ दोनों ओर से गोलियाँ बरस रही थीं। तभी अँधेरे के बीच मिश्रा ने देखा कि उस मकान से कुछ नक्सली धक्का-मुक्की करते हुएबाहर निकल रहे हैं और जंगल की ओर भाग रहे हैं। नक्सली अपशब्दों का प्रयोग करते हुए चिल्ला-चिल्लाकर एक दूसरे को निर्देश दे रहे थे और सुरक्षा बल के जवानों के चंगुल से बाहर भागने की कोशिश कर रहे थे। तभी कुछ गोलियाँ सिपाही बुनकर के चेहरे पर जा लगीं और वे गिर पड़े। मिश्रा रेंगते हुए अपने साथी जवान के पास पहुँचे और उसे कॉम्बीफ्लेम की एक गोली खिला दी। वहाँ सब तरफ खून-ही-खून था, मिश्रा यह भी नहीं समझ पा रहे थे कि इसमें उनका खून कौन सा है। धीरे-धीरे उन्हें अहसास होने लगा कि उन्हें एक-दो नहीं, बल्कि पाँच जगह गोलियाँ लग चुकी थीं, जिनमें एक गोली उनकी जाँघ में जा लगी थी

और उन्हें बहुत तेज दर्द हो रहा था।

तब तक गोलीबारी थम चुकी थी और जवान वापस इकट्ठा हो गए थे। मिश्रा को बुनकर की बहुत चिंता हो रही थी, जिसके शरीर से निरंतर खून बह रहा था। बिना समय बर्बाद किए उन्होंने अपने वरिष्ठ अधिकारियों से फोन पर बात की और पूरी घटना के बारे में बताया। उन्होंने घायलों को ले जाने के लिए तत्काल एक हेलीकॉप्टर उपलब्ध कराने का भी अनुरोध किया।

मीलों दूर, फोन घनघना रहे थे और यह जरूरी संदेश सभी लोगों तक पहुँचाया जा रहा था। एक दुर्दांत नक्सली का मारा जाना अपने आप में एक बड़े संतोष की बात थी, लेकिन घटनास्थल पर मौजूद जख्मी जवान बहुत बड़ी चिंता का विषय थे, जिन्हें तत्काल वहाँ से निकालने की जरूरत थी। ऐसे समय वायुसेना से अनुरोध किया गया और उनका विमान बिना किसी देरी के उस स्थान के लिए रवाना हो गया। वहीं घटनास्थल पर साथी जवानों ने अपने गंभीर रूप से जख्मी अधिकारी और अन्य घायल जवानों को प्राथमिक उपचार दिया तथा उन्हें लेकर जंगल के ऊबड़-खाबड़ रास्तों पर वापसी यात्रा शुरू कर दी। आते हुए उन्होंने देखा था कि यह एक फिसलन वाला रास्ता था और वापस लौटते समय इसपर उनका चलना इसलिए भी ज्यादा दूभर हो रहा था, क्योंकि अब वे काम-चलाऊ स्ट्रेचरों पर घायलों को साथ लेकर चल रहे थे। यहाँ उनके लिए एक-एक कदम कष्टप्रद था, लेकिन अभी समय सबसे ज्यादा कीमती था और घायलों को जल्द-से-जल्द वहाँ से लेकर निकलना समय की सबसे बड़ी माँग थी। उधर नियंत्रण कक्ष में बैठे अधिकारी उन काले घने मेघों को देखकर घबरा रहे थे, जो जंगल के ऊपर मँडराने लगे थे। ऐसे में घायलों को लेने गए हेलीकॉप्टर को वापस लौटना पड़ा। जाहिर तौर पर मिश्रा और उनके घायल साथियों को विशेषज्ञ चिकित्सा-उपचार की सख्त जरूरत थी, इसलिए वायुसेना के हेलीकॉप्टर 'ध्रुव' ने उन्हें वहाँ से निकालने की एक और कोशिश की, जो सफल रही। देर रात तक सभी घायल राँची के अपोलो अस्पताल में भर्ती कर दिए गए थे।

जब मिश्रा को ऑपरेशन थिएटर में ले जाया जा रहा था, तो वह केवल सिपाही बुनकर और उसकी हालत के बारे में सोच रहे थे। बुनकर लंबे समय से उनके साथ था और आज वह उस जवान की सलामती के लिए नैतिक रूप से बेहद चिंतित थे। जब उनके कमांडेंट ने आकर उनसे पूछा कि क्या वह अपने परिवार से बात करना चाहते हैं, तब मिश्रा को याद आया कि आज उनका भी तो एक बड़ा ऑपरेशन होने जा रहा है। मिश्रा जब सात बरस के थे, तभी उनकी माँ चल बसी थीं, इसलिए अपनी माँ की एक बहुत धुँधली सी तस्वीर उनके मस्तिष्क में थी। तब तक उनके छोटे भाई वहाँ आ पहुँचे थे, जो सीआईएसएफ में सेवारत थे। उन्होंने तेजी से मिश्रा को कुछ समझाया और कहा कि वह इस घटना के बारे में पिता को बाद में बता देंगे और फिर मिश्रा ऑपरेशन थिएटर में चले गए। उनका ऑपरेशन सफल रहा और जब उन्हें होश आया तो पता चला कि बुनकर को बेहतर इलाज के लिए हवाई जहाज द्वारा दिल्ली ले जाया गया था। डॉक्टरों और विशेषज्ञों ने उन्हें बचाने की बहुत कोशिश की लेकिन उनके जख्मों ने उनकी जान ले ली। उस बहादुर जवान ने कर्तव्य की बलिवेदी पर अपने प्राण न्यौछावर कर दिए थे। इसके बाद मिश्रा अगले 45 दिनों तक अपोलो अस्पताल, राँची की गहन चिकित्सा इकाई (आईसीयू) में भर्ती रहे। उनका बहुत सारा खून बह चुका था और शरीर में लगी 5 गोलियों से हुए कई जख्मों को भरने में काफी समय लग गया। उनके साथी जवानों द्वारा उन्हें बुरी तरह घायल अवस्था में एक काम-चलाऊ स्ट्रेचर पर डालकर पूरे रास्ते भागते हुए हवाई-पट्टी तक पहुँचाया गया था और इस कटु अनुभव का असर अब भी उनके मन पर बाकी था। इसके बाद मिश्रा को सीआरपीएफ के राँची स्थित केंद्र में भेज दिया गया, जहाँ उन्होंने स्वास्थ्य लाभ लेकर एक नया जीवन पाया।

प्रकाश रंजन मिश्रा को सन् 2013 के स्वतंत्रता दिवस के अवसर पर शौर्य चक्र से सम्मानित किया गया। इससे पहले इसी वर्ष उन्हें 'शौर्य पदक का द्वितीय बार (Second Bar to Gallantry Medal)' प्रदान किया गया

था। विषम परिस्थितियों में उनकी नेतृत्व क्षमता, शौर्य, बौद्धिक-तत्परता, कुशाग्र बुद्धि तथा परिचालनिक दक्षता के परिणामस्वरूप ही सीआरपीएफ के जवान उस इलाके नक्सली आतंक पर अंकुश लगा सके। प्रकाश रंजन मिश्रा वह शख्सियत हैं जिनके लिए साहस ही जीवन का मूल-मंत्र है।

□

शूरवीर योद्धा

क्रम सं.	बल/इरला संख्यां	पद	नाम	बटालियन	वर्ष	मैडल
1	943040199	सि.टी./जी.डी. महिला	शहीद कमलेश कुमारी	88 बटा.	2002	अशोक चक्र मरणोपरांत
2	710351525	सि.टी./जी.डी.	शहीद टी. मोहनन	35 बटा.	1988	बीर चक्र मरणोपरांत
3	041732922	सि.टी./जी.डी.	शहीद भ्रिगुनंदन चौधरी	205 कोबरा	2014	कीर्ति चक्र मरणोपरांत
4	4705	कमांडेंट	शहीद प्रमोद कुमार	49 बटा.	2017	कीर्ति चक्र मरणोपरांत
5	4685	कमांडेंट	श्री चेतन कुमार चीता	45 बटा.	2017	कीर्ति चक्र मरणोपरांत
6	065044856	सिपाही	शहीद प्रदीप कुमार पांडा	132 बटा.	2019	कीर्ति चक्र मरणोपरांत
7	155110491	सिपाही	शहीद राजेंद्र कुमार नैन	130 बटा.	2019	कीर्ति चक्र मरणोपरांत
8	6678	उप कमा. (अब द्वि.कमा. अधिकारी)	श्री हर्शपाल सिंह	06/111 बटा.	2019	कीर्ति चक्र
9	850787618	हव.जी.डी.	श्री वाई.बी. थापा	23 बटा.	2002	शौर्य चक्र
10	005140022	सि.जी.डी.	श्री डी. संतोश कुमार	23 बटा.	2002	शौर्य चक्र

क्रम सं.	बल/इरला संख्यां	पद	नाम	बटालियन	वर्ष	मैडल
11	903056294	सि.जी.डी.	श्री सुखविंद्रर सिंह	23 बटा.	2002	शौर्य चक्र
12	901341541	सि.जी.डी.	श्री श्यामवीर सिंह	एस.डी.जी.	2002	शौर्य चक्र
13		ए.आई.जी.	श्री एन.एम.एस. नायर	एस.पी.जी.	2002	शौर्य चक्र
14	801290395	हव.जी.डी.	श्री छोटेलाल	93 बटा.	2005	शौर्य चक्र
15	5459	सहा.कमा.	श्री विजेटो टिनयी	33 बटा.	2006	शौर्य चक्र
16	850832915	हव.जी.डी.	श्री धर्मवीर सिंह	33 बटा.	2006	शौर्य चक्र
17	060811911	सि.जी.डी.	शहीद अषीश कुमार तिवारी	202 कोबरा	2011	शौर्य चक्र मरणोपरांत
18	6123	सहा.कमा.	श्री आर.के. सिंह	133 बटा.	2012	शौर्य चक्र
19	7891	सहा.कमा.	श्री नगेंद्र सिंह	207 कोबरा	2012	शौर्य चक्र
20	8071	सहा.कमा.	श्री विनोज पी. जोसेफ	207 कोबरा	2012	शौर्य चक्र
21	5515	उप कमा.	श्री पी.आर. मिश्रा	203 कोबरा	2013	शौर्य चक्र
22	5005	द्वि.कमा. अधि.	श्री हीरा कुमार झा	07 बटा.	2015	शौर्य चक्र मरणोपरांत
23	9056	सहा.कमा.	श्री चंदन कुमार	205 कोबरा 101 आर. ए.एफ.	2017	शौर्य चक्र

क्रम सं.	बल/इरला संख्यां	पद	नाम	बटालियन	वर्ष	मैडल
24	060810727	सि.जी.डी.	श्री अमरनाथ मिश्रा	205 कोबरा	2017	शौर्य चक्र
25	9780	सहा.कमा.	श्री विकास जाखड	209 कोबरा	2018	शौर्य चक्र
26	121180026	उ.नि.	मो. रियाज आलम अनसारी	209 कोबरा	2018	शौर्य चक्र
2+7	005210466	हव.जी.डी.	शहीद धनवडे रविंद्र बाबन	182 बटा.	2018	शौर्य चक्र मरणोपरांत
28	6671	उप कमा.	श्री कुलदीप सिंह चाहर	182 बटा.	2018	शौर्य चक्र
29	880901236	हव.जी.डी.	श्री ए.एस. कृष्णा	45 बटा.	2018	शौर्य चक्र
30	145033655	सि.जी.डी.	श्री के. दिनेश राजा	45 बटा.	2018	शौर्य चक्र
31	110049648	सि.जी.डी.	श्री प्रफुल्ल कुमार	45 बटा.	2018	शौर्य चक्र
32	11159	सहा.कमा.	श्री जिले सिंह	180 बटा.	2019	शौर्य चक्र
33	145072883	सि.जी.डी.	श्री जाकिर हुसैन	06 बटा.	2019	शौर्य चक्र
34	065211038	सि./जी.डी.	श्री सावले ध्यानेशवर श्रीराम	53 बटा.	2019	शौर्य चक्र

□□□